TOURGUÉNEFF

INCONNU

OUVRAGES

DE

MICHEL DELINES

LA CHASSE AUX JUIFS, roman, 2e édition, 1 vol.
in-18 . . . . 3 50
LA FRANCE JUGÉE PAR LA RUSSIE, 1 vol. in-18.. 3 50
L'ALLEMAGNE JUGÉE PAR LA RUSSIE, 1 vol. in-18 3 50
LA TERRE DANS LE ROMAN RUSSE, 1 vol. in-18.... 3 50

TRADUCTIONS

N. Tchédrine. — BERLIN ET PARIS, voyage sati-
rique a travers l'Europe, 5e édition, 1 vol. in-18 3 50
Léon Tolstoï. — L'ENFANCE ET L'ADOLESCENCE,
1 vol. in-18 . . . . 3 »
Léon Tolstoï. — NAPOLÉON ET LA CAMPAGNE DE
Russie, 4e édition, 1 vol. in-18 . . . . 3 50

MICHEL DELINES

TOURGUÉNEFF

INCONNU

IVAN TOURGUÉNEFF RACONTÉ PAR LUI-MÊME
TOURGUÉNEFF ET LES NIHILISTES
LES FAUX AMIS DE TOURGUÉNEFF — LA MÈRE
D'IVAN TOURGUÉNEFF

PARIS

A LA LIBRAIRIE ILLUSTRÉE

7, RUE DU CROISSANT, 7

TOURGUÉNEFF

INCONNU

I

IVAN TOURGUÉNEFF RACONTÉ PAR LUI-MÊME

I

Premier essai. — Portrait de Pouchkine. — Les « autorités » en littérature. — Portrait de Gogol. — Gogol et Dickens envisagés comme « lecteurs ». — Lettre sur la mort de Gogol, arrestation. — La censure et les censeurs. — Au Palais d'Hiver.

Tourguéneff a publié dans *le Messager d'Europe* différents fragments de ses souvenirs, dont la plupart se rapportent aux littérateurs et aux artistes russes. Il est instructif de voir comment le romancier,

1

en appréciant les œuvres d'autrui, en décrivant les figures bizarres qu'il rencontrait, en donnant des conseils à des débutants et en contant les petites aventures qui lui sont arrivées, trace de son vigoureux pinceau les traits de sa propre physionomie psychique.

Le premier essai de Tourguéneff fut un drame en vers ïambiques de cinq pieds intitulé : *Stenio*. Le romancier était alors étudiant à la Faculté de philologie qui, en Russie, remplace la Faculté des lettres. Il soumit ce drame à la critique de son professeur Pletniov. Nous laissons la parole au poète lui-même :

« Dans une des leçons suivantes, notre professeur de littérature russe, sans donner le nom de l'auteur, analysa, avec sa bonhomie habituelle, cette œuvre inepte dans laquelle j'ai imité le *Manfred* de Byron d'une main d'enfant.

« Après la leçon, une fois dans la rue, Pletniov m'appela près de lui et m'adressa une remontrance paternelle, en ajoutant qu'il y avait *quelque chose en moi*. Ces trois mots m'encouragèrent, et je lui portai plusieurs poésies ; il en choisit deux et les fit insérer dans *le Contemporain*. Je ne me rappelle pas le titre de la seconde pièce, mais je sais que dans la première j'ai chanté un vieux chêne. C'était ma première production qui eut l'honneur d'être imprimée, et, comme on le devine, je ne l'ai pas signée. »

C'est dans la maison de Pletniov que Tourguéneff a rencontré pour la première fois son poète favori, Pouchkine ; mais, au moment où le futur romancier entrait au salon, le poète prenait déjà congé, et Tourguéneff n'eut que le temps de remarquer « ses dents blanches et ses yeux vifs et éveillés ». Une autre fois, Tourguéneff a

rencontré Pouchkine au concert : « Il était
près de la porte, debout ; il avait les mains
croisées sur sa large poitrine et regardait
autour de lui d'un air mécontent. Je me
rappelle son petit visage noir, ses lèvres
d'Africain, ses grandes dents blanches, ses
favoris pendants, ses yeux bilieux, sans
sourcils sous un front élevé, et ses cheveux
crépus... Il jeta sur moi un regard furtif ;
le sans-gêne avec lequel j'avais fixé mes
yeux sur lui déplut au poète. Il haussa les
épaules de mécontentement et changea de
place. Quelques jours après, je le vis dans
son cercueil... »

En traçant le portrait de son maître en
poésie, Tourguéneff nous expose en même
temps ce qu'il comprend par une *autorité*
dans l'art et dans la littérature.

« Pouchkine en ce temps était pour moi,
comme pour la plupart de mes contemporains, quelque chose comme un demi-

dieu, — et en vérité nous l'adorions comme tel. — Dans ces derniers temps, on a maudit cette adoration pour les autorités littéraires ; celui qui aurait le courage d'en avouer une serait traité d'imbécile pour le reste de ses jours. Je me permettrai pourtant de dire à nos sévères jeunes critiques qu'il faut avant tout s'entendre sur ce que nous comprenons par *autorité*.

« Jamais aucun de nous n'aurait songé à adorer un homme pour sa richesse ou pour son savoir ; cette sorte de prestige nous était inconnue, au contraire... Un grand esprit ne nous suffisait pas non plus. Ce qu'il nous fallait, c'était *un guide*. Chez nous, les idées les plus libérales, presque républicaines, se mariaient avec une adoration pieuse pour les hommes en qui nous reconnaissions nos maîtres et nos guides.

« Il me semble même que cette sorte d'enthousiasme exalté est toute naturelle aux jeunes cœurs. La jeunesse ne peut pas

s'enflammer pour une idée abstraite, si belle
et si grande qu'elle soit, à moins qu'elle ne
s'incarne dans une personne vivante, dans
le maître. Toute la différence entre notre
génération et celle d'aujourd'hui consiste
peut-être en ceci : nous n'avions pas honte
de proclamer notre idole et d'avouer l'adoration que nous avions pour elle. Nous en
étions fiers. L'indépendance du jugement
est sans contredit une chose respectable et
bonne en soi, celui qui ne l'a pas atteinte
n'est pas encore un être humain ; mais cette
indépendance, comme toutes les bonnes
choses, doit être conquise. Et, pour marcher
à sa conquête, il faut s'enrôler sous le drapeau d'un guide sûr, librement choisi. »

Tourguéneff exigeait dans l'art une liberté pleine et entière. Il considérait comme
autorité littéraire le maître qui a le plus
influencé sur le talent de l'artiste, le maître
qui plus que tout autre lui a révélé sa voie,
et qui lui a aidé à conquérir cette indépen-

dance sans laquelle l'art ne peut pas exister.

« Rien n'émancipe l'homme comme la science, écrivait-il, dans ses conseils aux jeunes artistes, et nulle part la liberté n'est aussi à l'aise que dans les arts et la poésie. La langue bureaucratique elle-même désigne notre profession comme *libre*. Est-ce qu'un homme peut *observer*, *saisir* ce qui l'entoure, s'il est lié intérieurement? Pouchkine l'a bien senti, et dans son sonnet immortel, ce sonnet que chaque débutant devrait apprendre par cœur et se rappeler comme un commandement, il a dit :

> ... va par la voie libre
> Où t'entraîne ton libre esprit.

« L'absence de cette liberté a beaucoup nui aux slavophiles; malgré leur talent et leurs vastes connaissances, pas un d'entre eux n'a pu créer une œuvre vivante; pas un d'entre eux n'a su ôter de ses yeux,

pour un instant, ses lunettes de couleur.
L'exemple le plus frappant en ce genre
nous est donné par le célèbre roman du
comte Tolstoï, *la Guerre et la Paix*, œuvre
qui, par sa puissance créatrice et par sa
poésie, est peut-être supérieure à tout ce
qui a paru chez nous depuis 1840...

« Non, nous n'admettons pas qu'on
puisse être un véritable artiste si l'on ne
possède pas la liberté d'examiner soi-même
ses idées, son système, son peuple et l'histoire de son pays. »

A côté de Pouchkine, Tourguéneff admi-
rait encore Gogol, l'auteur du *Réviseur* et
des *Ames mortes*. Il ne l'avait connu personnellement que peu de temps. Sa première visite à Gogol eut lieu quelques mois
avant la mort du grand écrivain.

« En m'apercevant, écrit Tourguéneff,
Gogol me serra la main et dit :

« — Nous aurions dû nous connaître depuis longtemps.

« Je m'assis près de lui sur un large divan et je me mis à examiner de près tous ses traits : ses cheveux qui tombaient droit des tempes, comme chez les cosaques, avaient encore conservé leur couleur primitive ; mais étaient devenus rares. Son front incliné, uni et blanc, indiquait une grande intelligence. Dans ses petits yeux bruns, de temps en temps, pétillait la gaieté, oui, la gaieté et non pas l'ironie. Mais le regard était fatigué. Son long nez pointu donnait à sa physionomie l'expression rusée du renard, ses lèvres molles et bouffies sous des moustaches courtes n'avantageaient pas non plus sa figure ; dans les lignes indécises de la bouche, on devinait les côtés noirs de son caractère. Quand il parlait, les lèvres se relevaient désagréablement et découvraient une rangée de mauvaises dents. Son petit menton se cachait dans les plis d'une large cravate de velours noir. Sa contenance, tous les mouvements de son corps rappelaient un instituteur dans un collège de province. En l'apercevant, on ne pouvait s'empêcher de s'écrier : être spirituel, étrange et malade ! »

Gogol aimait parfois lire lui-même à haute voix sa célèbre comédie. Il invitait alors les acteurs à venir l'entendre, et leur donnait une excellente leçon sur l'art de lire. Mais ceux-ci n'accouraient guère, se croyant sans doute au-dessus de ces leçons. Tourguéneff n'avait garde d'y manquer, et, dans ses *Souvenirs*, il nous a laissé un intéressant parallèle entre la manière de lire du satirique russe et celle de Dickens.

« Dickens, quand il fait la lecture de ses œuvres, les joue en même temps ; sa lecture est dramatique, théâtrale ; il réunit en sa personne plusieurs célèbres acteurs et nous fait tour à tour rire et pleurer. Gogol,

au contraire, m'a frappé par la simplicité et
la sobriété de ses manières, et par la bonne
foi grave et naïve qui semble ne pas tenir
compte de la présence ou de l'absence des
spectateurs. Gogol ne pensait qu'à entrer
dans les rôles qui paraissaient être nouveaux pour lui. Il ne s'attachait qu'à rendre
sa propre impression ; l'effet était remarquable surtout dans les scènes comiques et
humoristiques. On ne pouvait s'empêcher
d'éclater d'un bon rire salutaire, tandis que
l'auteur de toute cette gaieté continuait à
se pénétrer toujours davantage de l'esprit de
son rôle. Parfois, pourtant, autour de ses
lèvres et de ses yeux tremblait le rire rusé
du maître. »

Gogol a eu sur Tourguéneff une influence
profonde, non seulement par son talent,
mais aussi par les circonstances qui ont
suivi sa mort. Plus que tout autre écrivain
russe, Gogol a contribué au relèvement

moral et intellectuel de sa patrie ; son *Réviseur* et ses *Ames mortes* furent pour la
Russie de Nicolas ce que *le Barbier de
Séville* et *le Mariage de Figaro* furent pour
la France de Louis XVI. C'était d'ailleurs la
première fois que la Russie voyait naître un
artiste national de cette puissance. On comprend de quel enthousiasme Tourguéneff,
alors âgé à peine de trente ans, s'éprit pour le
grand écrivain ; cette admiration ne fut pas
amoindrie lorsque Gogol, par un revirement
psychique que nous ne pouvons que constater ici, publia sa *Correspondance*, dans
laquelle il reniait toutes ses œuvres et se
plaçait sous le drapeau le plus réaction-
naire.

Tourguéneff, qui savait considérer l'artiste
en dehors de l'homme maladif, conserva
quand même son amour pour Gogol, et, lorsque celui-ci vint à mourir en 1852, l'auteur des
Récits d'un Chasseur crut devoir publier
dans les journaux de Saint-Pétersbourg une

lettre en l'honneur du grand génie littéraire qui venait d'expirer. Aucun journal
de la capitale n'eut le courage de la publier.
Malgré son abjuration publique, malgré
la mort chrétienne et orthodoxe de Gogol,
le gouvernement de Nicolas le considéra
toujours comme un auteur dangereux.
Cependant, à Moscou, on exprimait assez
ouvertement ses sympathies pour le défunt
écrivain et les slavophiles insinuaient que
les *Occidentaux* de Saint-Pétersbourg ne
savaient pas honorer les grands talents de
leur patrie parce que c'étaient des talents
nationaux. Blessé dans ses sentiments lé-
gitimes, Tourguéneff envoya sa lettre au
Journal de Moscou où elle parut le 13 mars
1852. Un mois après, Tourguéneff fut mis en
prison pour avoir enfreint les règlements
de la censure.

Nous ne donnons pas ici la lettre incri-
minée, car elle ne contient rien de remarquable : c'est le cri douloureux d'un cœur

frappé par la mort d'un ami. Quand on a les yeux en larmes, on ne juge pas, on pleure. Tourguéneff pleurait Gogol ; ce fut toute sa faute.

Une anecdote qu'il raconte lui-même nous montre ce qui occasionnait la colère du gouvernement.

« Une dame de la haute noblesse prit un jour ma défense en disant qu'en tout cas la punition était trop sévère.

« — Mais, madame, vous oubliez, lui dit un sénateur, que Tourguéneff a appelé dans cette lettre Gogol un grand homme !

« — C'est impossible ! s'écria la dame.

« — Mais, madame, je vous l'assure.

« — Ah ! si c'est comme ça, je ne dis plus rien. Je regrette... *mais je comprends qu'on ait dû sévir.* »

La censure en ce temps était non seulement sévère, mais elle était tout simplement ridicule. Quand le censeur ne trouvait

rien ni contre le tsar, ni contre la religion,
il s'amusait à corriger le style de l'auteur.

Ceux qui connaissent l'amour de Tourguéneff pour la forme, ainsi que la pureté et l'harmonie de son style comprendront facilement
quelle torture cette profanation lui infligeait.

« Je conservai longtemps, dit-il, des
épreuves sur lesquelles le censeur K. a
effacé la phrase suivante : *Cette jeune fille
était une fleur*, et la remplaça, toujours
avec cette fatale encre rouge, par : *Cette demoiselle ressemblait à une rose splendide.*

« Le censeur F. m'a dit un jour en me
regardant, avec conviction, dans les yeux :
« Comment voulez-vous que je n'efface rien?
« Y avez-vous pensé? Si je n'efface rien,
« je perdrai trois mille roubles d'appoin-
« tements par an ! Et si j'efface, dites-moi,
« s'il vous plaît, qui en pâtit : il y avait
« des paroles, il n'y en a plus, voilà tout...
« Eh ! bien oserez-vous encore me dire que
« je ne dois pas effacer? »

Le génie de Tourguéneff pouvait bien se
moquer de toutes ces inepties, il a su percer toutes les ténèbres ; mais combien de
talents moins vigoureux ont été brisés ainsi
pour toujours !

L'auteur des *Terres vierges* n'a jamais
été en bonnes relations avec les hommes
de la cour : le prince Orloff était son ami
d'enfance, et ils se tutoyaient même. Mais
les portes du palais du tsar ne s'ouvraient
pas devant l'homme chéri du peuple comme
devant les courtisans.

Cependant Tourguéneff est entré dans le
palais d'Hiver quand il n'avait que seize
ans. Il nous a conservé une délicieuse des-
cription de cette petite aventure qui vaut
bien la peine d'être racontée :

« L'année de notre arrivée à Saint-
Pétersbourg, ma mère eut l'idée de se rap-
peler au souvenir de son ancien ami, le poète
Joukovsky, alors mentor d'Alexandre II.

Elle broda pour le jour de sa fête un joli coussin de velours et m'envoya avec ce cadeau dans le palais d'Hiver, en me recommandant de me faire conduire auprès du poète, de me nommer, de mentionner ma mère et de lui laisser le coussin. Mais, quand je me trouvai dans ce vaste palais, quand j'eus suivi les longs corridors avec leurs longs escaliers en pierre, en me heurtant à chaque pas à des sentinelles qui semblaient être aussi de pierre, quand enfin je me trouvai dans l'appartement de Joukovsky, droit en face d'un laquais tout rouge et haut de deux mètres, avec des galons sur toutes les coutures et des aigles sur tous les galons, je fus saisi d'une telle frayeur, je devins tellement timide qu'une fois introduit dans le cabinet du poète je ne pus, malgré tous mes efforts, prononcer un mot : ma langue se colla au gosier. Le visage enflammé de honte, les larmes aux yeux, je m'arrêtai, cloué au seuil de la porte, tendant sur mes deux mains, comme un enfant au baptème, le malheureux coussin sur lequel était brodé, je me le rappelle bien, une jeune fille en costume moyen âge avec un perroquet sur l'épaule. Mon embarras toucha le bon cœur du poète ; il s'approcha de moi, me prit le cadeau, m'invita à m'asseoir et me questionna sur l'objet de ma visite. Je pus enfin lui raconter tout ; et aussitôt que je me fus acquitté de mon message, je tournai sur mes talons et je m'enfuis en courant de toutes mes forces. »

Tourguéneff n'est jamais retourné au palais d'Hiver... Faut-il nous en féliciter ou le déplorer ? Ni l'un ni l'autre. Un talent aussi objectif que celui de notre romancier ne pouvait puiser dans le commerce des grands que de nouveaux matériaux pour ses œuvres. Pour Tourguéneff, les maisons qu'il fréquentait, les hommes qu'il voyait n'étaient qu'un vaste laboratoire où il prenait

la substance de ses romans et de ses nouvelles. L'esprit de la cour, la flatterie, la
servilité qui entament tout de suite un
poète subjectif n'auraient eu aucune prise
sur un talent qui ne sait que reproduire ce
qu'il a vu et étudié. Mais, d'un autre côté,
Tourguéneff n'aurait jamais pu peindre en
Russie ce qu'il aurait vu au palais d'Hiver :
la vie des tsars est sacrée, et la main pro-
fane de l'artiste ne peut pas y toucher im-
punément.

II

A PROPOS DE *Pères et Enfants*.

Si les *Récits d'un Chasseur* posèrent les fondements de la gloire de Tourguéneff, *Pères et Enfants* devaient la couronner ; mais, en même temps, aucune de ses productions n'a occasionné autant de déboires au romancier et ne l'a fait si cruellement souffrir. Avec son roman de *Pères et Enfants*, il est survenu à Tourguéneff ce qui doit arriver fatalement à tout grand artiste véritablement objectif. La foule des lecteurs a beau déclarer qu'elle admire l'art indépendant, libre, exprimant ce qu'il est utile de faire connaître aux hommes ; en réalité, ce qui la frappe le plus, c'est tou-

jours la tendance de l'œuvre. L'artiste a
beau n'appartenir à aucun parti politique, à
aucune coterie littéraire, on le parquera
tantôt ici, tantôt là, et s'il a eu le malheur de
peindre impartialement tous les partis sans
en idéaliser et sans en charger aucun, il ne
sera compris de personne et tout le monde
tombera sur lui.

Pour comble de malheur, au moment où
parut ce roman, le successeur légitime de
Biélinsky, le jeune et vaillant critique
Dobroliouboff, venait de mourir. Ceux qui
lui ont succédé n'avaient plus la bonne foi
de Biélinsky, ni ce tact littéraire qui permettait à celui-ci de faire à chaque œuvre sa
part. Chez les nouveaux critiques, l'esprit de
parti et de coterie littéraire était trop déve-
loppé pour leur permettre d'apprécier librement la valeur de Basaroff, de retracer sa
généalogie littéraire et de prévoir son évo-
lution. Au lieu de ce jugement impartial et
littéraire, on a voulu voir dans le créateur

de Basaroff un renégat, un partisan de
Katkoff, un archiconservateur. Ces critiques
injustes blessèrent profondément le romancier, et ses souffrances se trahissent douloureusement dans ses souvenirs qui se
rattachent à cette époque et que nous allons
donner *in extenso*.

« Au mois d'août 1860, je prenais des
bains de mer à Wentnor, petite ville sur
l'ile de Wight, lorsque pour la première
fois me vint l'idée de *Pères et Enfants*,
de cette nouvelle qui m'a fait perdre, je
le crains, pour toujours les sympathies de la
jeunesse russe.

« Mes critiques ont écrit plusieurs fois
que dans mes œuvres je *pars d'une idée*
ou que je *cultive une tendance* : les uns
m'en félicitent, les autres m'en blâment.
Cependant je dois avouer que je n'ai
jamais tenté de créer un caractère, si je

n'avais pour base, non pas une idée, mais un personnage vivant.

« J'ai procédé de la même manière en écrivant *Pères et Enfants*. Un jeune médecin de province, qui m'a beaucoup frappé, m'a servi pour modèle de Basaroff. Il est mort peu avant 1860. Dans cet homme remarquable s'était, selon moi, incarné cet élément, alors encore en fermentation, qui a été surnommé depuis *le nihilisme*. L'impression qu'avait produite sur moi ce jeune homme avait été très forte et en même temps très vague. Les premiers temps, je ne pouvais moi-même m'en faire une idée nette. J'examinai attentivement le milieu pour vérifier mes premières impressions. J'étais surtout embarrassé parce que dans aucune de nos œuvres littéraires je ne trouvais la moindre allusion à ce que je voyais partout, et je me demandais parfois si ce type qui me hantait n'était qu'un fantôme...

« Cependant, à mon retour à Paris, je
me mis au travail ; bientôt la fable s'élabora
dans ma tête ; pendant l'hiver, j'ai écrit les
premiers chapitres et j'ai terminé la nouvelle
en Russie, dans mon village, au mois de
juillet. En automne, je l'ai lue à quelques
amis, et, au mois de mars 1862, *Pères et
Enfants* parurent dans *le Messager russe*.

« Je ne m'arrêterai point sur la sensation
produite par cette nouvelle. A mon retour
à Saint-Pétersbourg, le jour du fameux
incendie des boutiques d'Apraksines, le
mot nihiliste était déjà dans toutes les
bouches, et les premières paroles dont on
m'apostropha furent celles-ci :

« Regardez ce qu'ont fait *vos* nihilistes... »

« J'ai alors beaucoup souffert. J'ai trouvé
de la froideur et même de l'aversion chez
des personnes que j'ai beaucoup aimées,
et je recevais des félicitations, des baisers
même des hommes du parti que je détestais,

de mes ennemis... J'en étais navré, mais
ma conscience ne me reprochait rien; je
savais bien que j'ai agi envers Basaroff
honnêtement, impartialement et même avec
sympathie. J'ai trop respecté ma mission
d'artiste pour ne pas être franc. Enfin, si
je l'avais voulu, je n'aurais pas pu agir
autrement, car je ne pouvais pas travailler
d'une autre manière.

« Je trouve dans mon journal, à la date
du 30 juillet 1862, les lignes suivantes :
« Voilà une heure et demie que j'ai terminé
« enfin mon roman, je ne sais pas s'il aura
« du succès. Le Contemporain, je le prévois,
« me couvrira de mépris à cause de Basaroff;
« il ne voudra pas croire que, pendant tout le
« temps que j'écrivais, je me sentais une
« inclination involontaire pour mon héros... »

« J'ai exclu des sympathies de Basaroff
tout ce qui avait rapport à l'art, je lui ai
donné des manières sans gêne et âpres,
non point parce que j'avais l'intention

insensée d'insulter la jeunesse russe, mais
parce que mes observations sur mon jeune
médecin D... et sur d'autres jeunes gens
m'ont appris qu'ils sont ainsi. Peut-être mes
observations n'ont-elles pas été justes,
mais, moi, je n'ai pas manqué à mon devoir
d'artiste, je ne devais pas raisonner, je
devais peindre comme j'ai vu ; mes propres
sympathies n'avaient rien à voir ici.
Plusieurs de mes lecteurs seront bien
étonnés d'apprendre qu'à part les idées de
Basaroff sur l'art, je partage presque toutes
ses opinions..., et il s'est trouvé des
hommes qui ont voulu me prouver que je
suis du parti des *Pères*, moi, qui, dans le
caractère de Paul Kirsanoff, avais péché
contre la vérité artistique en chargeant,
jusqu'à la caricature, les défauts de ce *Père*
et en me moquant de lui. »

« Ni pères ni enfants, m'a dit une dame
de beaucoup d'esprit, après la lecture de

mon livre, et vous-même vous êtes un nihiliste. »

« Cette opinion a été répétée avec plus d'insistance après la publication de *Fumée*. Je ne veux pas me défendre, peut-être cette dame avait-elle raison. Lorsqu'on écrit, on ne fait pas ce que l'on veut (je le dis d'après ma propre expérience), mais ce que l'on peut et autant qu'on le peut...

« J'ai conservé, à propos de *Pères et Enfants*, une très curieuse collection de lettres et de documents. Il est très intéressant de révéler leurs contradictions intérieures. Pendant que les uns m'accusent d'avoir insulté la jeunesse, d'être un conservateur, un ami des ténèbres, m'avertissent qu'ils brûlent « avec un ricanement de mépris » mes portraits, les autres, au contraire, me reprochent avec indignation de me prosterner avec bassesse devant cette même jeunesse.

« Vous rampez aux pieds de Basaroff, »
m'écrit un correspondant.

« Vous ne faites que feindre une accusation contre Basaroff; mais, en réalité,
vous le flattez ; vous attendez de lui un petit sourire comme la plus grande faveur, »
m'écrit un autre.

« Un critique, en m'apostrophant dans
les termes les plus durs, me représentait
comme tramant un complot avec Katkoff
contre la nouvelle génération russe. Il en
faisait un tableau à grand effet... En réalité, ce « complot » s'était tramé de la manière suivante : Lorsque M. Katkoff avait
reçu le manuscrit de *Pères et Enfants*,
dont jusque-là il n'avait pas eu la moindre
idée, il se trouva dans une grande per-
plexité. Basaroff lui semblait être l'apothéose des hommes du *Contemporain*, et je
n'aurais pas été étonné s'il m'avait refusé
de publier *Pères et Enfants* dans sa revue. »

Voici le fragment d'une lettre qui m'a été écrite par M. Katkoff à ce propos :

« Si Basaroff n'est pas mis en apothéose, on ne peut nier qu'il soit placé sur un très haut piédestal. Il écrase tout ce qui l'entoure, tout devant lui est *chiffon*, *faible* et *vert*. Est-ce là l'impression qui était désirable ? On voit que l'auteur a pensé d'abord peindre un élément qui lui était peu sympathique, mais il hésitait dans le choix des couleurs et finit par se laisser subjuguer par cet élément. On voit que l'auteur ne se sent pas libre de juger impartialement son héros. Il s'anéantit devant lui, il ne l'aime pas ; mais il a peur de lui... »

Il est évident qu'un des conspirateurs n'était pas content du travail de l'autre.

« Et voilà comme on écrit l'histoire ! pourrais-je m'écrier ici ; mais est-il permis d'appeler d'un si grand nom de si petites choses ! »

2.

Ce qui a surtout froissé le cœur élevé de Tourguéneff, c'est que ce nom de *nihiliste*, qui n'était qu'un terme littéraire pour désigner le type dominant d'une nouvelle génération, est devenu le mot le plus usité dans les dénonciations écrites des mains malpropres des policiers.

« Il est tombé une ombre sur mon nom : je ne me trompe pas, cette ombre ne s'effacera pas, » s'écrie-t-il avec une douleur poignante.

Et il faut avouer que non seulement dans son pays, mais à l'étranger on n'a pas su respecter cette susceptibilité très noble du romancier. Apprenons au moins maintenant à témoigner de la déférence à sa volonté et appelons désormais chaque chose par son propre nom. Nous ne sommes pas de l'avis de Tourguéneff qui pense que dans vingt ou trente ans personne ne se souviendra de son nom, qu'il soit avec ou sans ombre. Au contraire, Tourguéneff est de

ces élus qui lèguent aux générations futu-
res, non seulement des idées et leur forme,
mais aussi leurs propres personnalités. Il
est de notre devoir de présenter à nos contemporains cette grande figure, sans « cette
ombre » qui n'aurait même jamais dû l'as-
sombrir.

III

L'HOMME. — LE CITOYEN

Culte de Tourguéneff pour l'humanité. — Son amour
pour les enfants. — UNE GOUTTE DE VIE, conte d'enfant. — La générosité de Tourguéneff. — Lettre à
M. Robert Halt. — La conversation de Tourguéneff.
— Ce qui fait rire les Anglais. — Les Russes et la
langue française. — Le rôle politique de Tourguéneff. — Un mot sur Victor Hugo.

Tous ceux qui ont connu Tourguéneff
sont d'accord pour rendre hommage à sa
bonté infinie. C'est qu'il avait le respect et
le culte de l'humanité. Ce fait est d'autant
plus digne d'attention qu'en philosophie
Tourguéneff penchait volontiers du côté de
Schopenhauer. Mais tandis que bon nombre de ceux qui se donnent pour les disci-
ples du philosophe de Francfort reportent

sur l'être humain en général la haine que
leur inspirent quelques représentants de
l'espèce humaine, ne faisant d'exception
que pour leur propre petite personne,
Tourguéneff gardait son cœur ouvert à ses
semblables et ne s'en prenait qu'à la nature.
C'est elle qu'il accusait de cruauté et d'indifférence.

« Il ne pouvait, raconte le poète Polonski, pardonner à la nature, qu'il aimait
passionnément, son impassibilité devant les
souffrances et le bonheur de l'homme.

— L'homme est supérieur à la nature,
disait Tourguéneff, parce qu'il a créé l'art,
la science, mais il ne peut se détacher de
la nature, il est son produit, sa déduction
finale. Il s'agite toute sa vie pour se sous-
traire à la froide indifférence dont elle l'entoure et à la conscience de sa nullité devant
cette puissance qui dévore et récrée toutes
choses. »

Il affectionnait tout particulièrement cet

aphorisme de Bacon : *ars est homo additus naturæ* (l'art est un homme ajouté à la nature).

Comme tous ceux qui ont le culte de l'humanité, Tourguéneff aimait les enfants avec passion, il pouvait passer des heures entières à les amuser en leur racontant des histoires. Il est bien regrettable que ces récits n'aient pas été conservés, car plusieurs d'entre eux ont une valeur poétique et en même temps un mérite pédagogique que ne présentent pas toujours les contes destinés à la jeunesse.

Voici un de ces contes, tel qu'il l'a raconté aux enfants de M. Polonski. Ce dernier l'a conservé dans ses *Souvenirs* qui ont été publiés dans *la Niva*, un journal de Saint-Pétersbourg :

« UNE GOUTTE DE VIE

« Un pauvre enfant avait des parents malades et ne savait que faire pour les guérir, ce qui le chagrinait beaucoup.

« Un jour, quelqu'un lui dit : Il y a quelque part une caverne et dans cette caverne, tous les ans, à un certain jour, suinte sur les voûtes une goutte d'eau, c'est une goutte de l'eau miraculeuse qui vivifie. Quiconque boit cette goutte d'eau reçoit le don de guérir tous les maux physiques et toutes les souffrances de l'âme.

« Ainsi passa un an, deux ans, je ne sais pas au juste combien de temps, mais l'enfant finit par découvrir la caverne, et il y pénétra.

« Elle était creusée dans le rocher avec des voûtes de pierres lézardées.

« Une fois dedans, le pauvre enfant fut saisi de frayeur; autour de lui, rampaient des serpents et des reptiles avec de méchants yeux, tous plus horribles et repoussants l'un que l'autre. Mais le brave garçon ne voulait pas revenir sans avoir reçu la goutte d'eau, et il attendit pour épier le moment où elle suinterait sur le roc.

« Après une longue attente, remplie d'effroi, il distingua enfin sur la voûte quelque chose d'humide qui brillait ; peu à peu, cette perle liquide s'arrondit et forma une goutte limpide et transparente comme une larme.

« Mais à peine la goutte fut-elle formée, que tous les reptiles s'élancèrent en dessous et ouvrirent la gueule pour la recevoir ; aussitôt, la goutte qui allait tomber disparut dans la voûte.

« L'enfant s'arma de patience et attendit toujours.

« Et de nouveau les reptiles et les serpents se dressèrent sur leur queue et, effleurant presque le visage du petit garçon, tendirent leurs gueules vers la voûte.

« L'enfant ne se sentait plus de terreur. Il lui semblait à tout instant que les serpents allaient se jeter sur lui, lui enfoncer leur dard dans les chairs ou s'enrouler autour de lui pour l'étrangler.

« Mais il n'oubliait point sa mission, et surmontant sa peur il ouvrit aussi labouchesous la voûte.

« Oh ! miracle ! La goutte de vie lui tomba entre les lèvres, et il la but.

« Les serpents sifflèrent et firent un vacarme infernal, mais malgré eux ils s'écartèrent tous pour lui livrer passage, se contentant de le percer de leurs regards méchants, pleins d'envie.

L'enfant n'absorba pas en vain la goutte d'eau vivifiante. Il devint un grand savant; il guérit ses parents et fut un homme célèbre. »

Et comme Tourguéneff se taisait.

« — Et après ? demandèrent les enfants.

— Eh! que voulez-vous encore ? répliqua le romancier. Pour aujourd'hui ce sera assez, demain je vous raconterai une autre histoire qui sera plus longue... Seulement il faut me donner le temps de réfléchir. »

3

Personne n'a pu approcher Tourguéneff sans être frappé par sa générosité. Il serait difficile de compter toutes les infortunes qu'il a soulagées. Il lui suffisait d'apprendre que quelqu'un se trouvait dans l'embarras pour qu'il s'empressât de lui venir en aide. Il apportait à ce soin un tact et une délicatesse qu'un amour et un respect profond de l'humanité peuvent seuls inspirer.

Lorsqu'il se trouvait en présence de natures fières et ombrageuses, il trouvait les combinaisons les plus subtiles pour leur faire accepter le bienfait en leur laissant ignorer le bienfaiteur.

Il apprit un jour qu'il se trouvait à Paris un jeune Russe malade, dénué de ressources, mais qui refusait tout secours et ne voulait vivre que de son travail. Aussitôt Tourguéneff propose à ce jeune homme de recommander à une revue russe une nouvelle que celui-ci venait de terminer. Le romancier expédia lui-même le manuscrit de son compatriote, et l'accompagna d'une lettre adressée au directeur de la revue, où il disait qu'il serait personnellement heureux si cette nouvelle pouvait lui convenir. « Mais, ajoutait-il, si vous ne croyez pas devoir la publier, laissez croire à l'auteur que vous avez l'intention de l'insérer et envoyez-lui 200 roubles à mon compte. »

Je pourrais multiplier les exemples, mais celui-ci suffit pour mettre la libéralité de Tourguéneff au-dessus de tout soupçon.

Comment accorder ces faits et la réputation de générosité jusqu'ici incontestée de Tourguéneff avec le trait que M. Gustave Geffroy a rapporté dans la *Justice* ? D'après ce récit, Tourguéneff aurait invité à dîner avec lui, au restaurant, MM. Zola, Goncourt et Flaubert, à une époque où ces écrivains ne possédaient pas encore la situation brillante que leur talent leur a acquise depuis ; l'amphitryon, au lieu de régler l'addition, laissa ses amis donner chacun leur écot.

Il est évident pour moi que la singulière attitude de Tourguéneff doit s'expliquer par un malentendu. Flaubert, de qui M. Geffroy tient ce fait, aura mal compris les termes de l'invitation; il ne pouvait être question que d'un de ces banquets, si fréquents à Paris, où quelques personnes désireuses de se rencontrer s'asseoient à la même table en payant chacune sa part. Non seulement Tourguéneff, connu pour sa largesse, n'aurait pas permis à ses invités de payer leur dîner, mais il n'est pas un Russe qui soit capable d'une telle ladrerie. C'est un acte incompatible avec le caractère et l'éducation russes. Un Moscovite pourra inviter légèrement des amis avant d'avoir tâté sa bourse, mais il aimera mieux s'endetter, mettre sa montre en gage, voler s'il le faut, plutôt que de laisser payer !... le dîner à ses convives. Bien au contraire, un Russe

qui vient à l'étranger, surtout en Allemagne, est toujours frappé de cette coutume
de se réunir pour une partie de plaisir en
payant chacun sa part. En Russie, c'est
toujours une seule personne qui donne le
divertissement. Tourguéneff, en se confor-
mant à un usage qui n'est pas dans les
mœurs de son pays, n'était sans doute pas
en fonds lui-même, et assurément ne
devait pas se douter de la méprise qui
subsistait entre lui et ses amis.

On a considéré Tourguéneff comme le
protecteur attitré des naturalistes; en réalité,
il était large dans ses goûts littéraires
comme en toutes choses. Si une œuvre
présentait un véritable mérite, il lui rendait
justice sans se demander de quelle école
elle relevait. C'est ainsi qu'en 1880, lorsque
M. Robert Halt publia une édition populaire de son roman saisissant et si profondément étudié, *La Cure du docteur Ponta-*

lais, Tourguéneff lui écrivit les lignes suivantes, que M. Robert Halt a bien voulu me
permettre de transcrire ici :

« Cher monsieur Halt,

« Vous m'excuserez d'avoir tardé à vous
remercier de l'envoi de votre livre , mais
je tenais à le lire ; je viens de le terminer et
je m'empresse de vous en faire tous mes
compliments. C'est une œuvre très remarquable, très étudiée et très vivante ; son
succès ne tient pas seulement à la question
d'actualité: cette œuvre restera, et comme
un document, pour parler le langage à la
mode, et par des qualités littéraires de
plus en plus rares par le temps qui court.

« Recevez l'assurance de mes meilleurs
sentiments. »

« IVAN TOURGUÉNEFF. »

La conversation de Tourguéneff était
aussi captivante qu'instructive, et permet-

tait d'apprécier toute la souplesse et la pro-
fondeur de cet esprit nourri par des études
sérieuses et une foule d'observations.

« Un jour, raconte M. Polonski, dans les
souvenirs qu'il a publiés dans LA NIVA,
Tourguéneff fit en passant cette remarque:

— Ce qui semble ridicule à une nation,
ne l'est nullement aux yeux d'une autre.
Ainsi ce qui fera rire un Français, ne dé-
ridera même pas un Anglais; de même
l'hilarité d'un Anglais sera provoquée par
des choses qui ne sembleront pas du tout
drôles de ce côté-ci de la Manche.

« Un jour, Mérimée, qui savait le russe,
me lut dans cette langue des poésies de
Pouchkine qu'il aimait beaucoup. Bien que
sa prononciation fut très drôle, je gardai très
bien mon sérieux. Du reste, une mauvaise
prononciation ou le son d'une langue étran-
gère ne donnent pas à un Russe l'envie
de rire.

« Mais un jour Thackeray me pria de lui

lire quelque chose en russe. Je lui dis une des plus harmonieuses poésies de Pouchkine; mais, avant que je fusse arrivé au dixième vers, mon auditeur partit d'un éclat de rire irrésistible. Il se tenait les côtes au point de donner de l'inquiétude à ses deux filles, qui assistaient à cette scène. Le son d'une langue qu'il ne comprenait pas suffisait pour le divertir.

« Une autre fois, je me trouvai chez Carlyle. Je n'ai jamais vu quelqu'un dont l'originalité m'ait plus frappé. Selon lui, la plus grande qualité de l'homme était une obéissance aveugle, et il m'assurait que toute nation qui obéit aveuglément à son souverain est plus heureuse que la libre Angleterre avec sa constitution. Quand je lui demandai quel était le meilleur poète anglais, il me nomma une médiocrité de la fin du siècle passé. Quant à Byron, il le considérait au-dessous de toute critique. Ensuite il m'affirma que Dickens n'avait aucune valeur pour les Anglais, et qu'on ne l'estimait qu'à l'étranger.

« En un mot, il me débita beaucoup d'inepties du même genre.

« Un jour il m'arriva de lui raconter que je souffrais parfois de taches dans les yeux, je voyais des mouches volantes. Une fois, à la chasse, il me sembla que j'avais devant moi un lièvre, j'épaulais déjà ma carabine et j'allais tirer, lorsque j'eus un soupçon que ce que je prenais pour un lièvre n'était peut-être qu'une tache noire que j'avais devant les yeux.

« Carlyle m'écouta attentivement, resta un moment pensif puis éclata d'un rire bruyant et inextinguible.

« Je ne pouvais réussir à comprendre ce qui le mettait de si belle humeur. Je ne voyais rien de comique dans l'incident que je venais de lui raconter.

« — Ha ! ha ! ha ! cria-t-il enfin en pouffant toujours de rire : tirer dans sa propre

mouche volante... ha! ha! ha! tirer dans
une tache, ha! ha! ha!.

« Alors je compris la cause de son hilarité : Un Français ou un Russe n'auraient
rien trouvé de risible dans mon récit. »

« Pour la même raison un acteur qui fait
des grimaces, et qu'en France on sifflerait
en le bombardant de pommes cuites, amu-
sera le public anglais et le fera rire. »

Tourguéneff connaissait à fond la langue
française et pour montrer à ses amis l'im-
possibilité de traduire en russe certaines
expressions originales, il se plaisait à leur
demander comment ils feraient passer en
russe des locutions comme : « Vous m'en
direz tant! Ah! que nenni! Il rit jaune et
fila doux » Vous me le faites à l'oseille... »
Ou des mots comme « tête-bêche ».

Une fois, il s'amusa à composer toute une
lettre dans ce style, je la cite pour montrer

comme il possédait la langue française, celle qu'on parle aussi bien que celle qu'on écrit.

« *Mon cher monsieur* »

« *Votre lettre, eu égard à notre situation respective, ne pouvait mieux tomber; tout vient à point à qui sait attendre et ce n'est pas là une affaire qu'on puisse traiter par le menu. Mais je ne veux suivre vos conseils que sous bénéfice d'inventaire. Après tout, il n'y a pas péril en la demeure et dans l'action de M. NN. je ne vois guère de quoi fouetter un chat. Je n'en saurais démordre sans vouloir pourtant fournir caution bourgeoise. Donnant donnant. Il y a certainement du tirage dans nos affaires, mais à quoi bon y mêler le tiers et le quart et, n'était-ce le désir de sortir du pétrin, j'accepterais volontiers tout ce passe-droit qui me met la bride au cou.* »

Bien habile en effet le Russe qui saurait faire passer cette lettre dans sa langue.

Tourguéneff déclarait ce tour de force impossible.

Nous avons vu combien l'homme était sympathique et l'artiste grand en Tourguéneff. Il nous reste à l'envisager comme citoyen. Sous ce rapport, son rôle a été effacé et presque nul. La Russie lui doit beaucoup comme à un artiste admirable qui n'a cessé d'éclairer la route qui mène à la liberté. Mais jamais Tourguéneff n'a donné l'exemple de la lutte pour la conquérir.

On a beaucoup parlé dernièrement des appréciations que Tourguéneff a portées sur Victor Hugo. Bien qu'il soit toujours prudent de se méfier des reportages qui ne s'appuient sur aucun document, il est cependant hors de doute que Tourguéneff n'était pas un des admirateurs aveugles du grand poète.

Tourguéneff, comme d'ailleurs plus d'un Français de la génération actuelle, n'aimait

pas le romantisme. Lui qui cherchait avant
tout la vie dans le roman et le théâtre trouvait que les héros dramatiques de Victor
Hugo sont des fantoches.

Mais doit-on conclure de là que Tourguéneff n'avait pas compris la valeur de
Victor Hugo ?

Mes lecteurs me sauront gré de leur faire
connaître un fait qui prouve que les sentiments du romancier à l'égard du grand
poète français ne sont pas tels qu'on les a
représentés.

En 1880, Alexandre II cédant à la pres-
sion de l'opinion publique rendit son
portefeuille au ministre de l'instruction
publique, Tolstoï, l'ennemi acharné du
parti libéral en Russie. Aussitôt quelques
Russes résidant à Paris se rendirent auprès
de Tourguéneff pour l'engager à grouper
autour de lui d'autres écrivains russes
pour présenter une adresse au tsar, afin
de le féliciter de ce retour au libéralisme

et de l'engager à octroyer la constitution.

Tourguéneff refusa net d'accéder à cette proposition, et avec sa franchise habituelle déclara qu'il était trop vieux pour se mêler de politique, et que d'ailleurs ce n'était pas dans sa nature. Du reste, ajouta-t-il, les autres écrivains russes de sa génération ne signeraient pas non plus cette adresse, parce que tous étaient comme lui âgés, habitués au confort et peu disposés à courir les chances d'un voyage en Sibérie.

Alors une des personnes présentes s'écria:

— Mais Victor Hugo était déjà vieux quand il a pris le chemin de l'exil!

Tourguéneff répliqua de cette voix aiguë qu'il prenait quand il était très émotionné :

— Ah! vous croyez que nous en sommes déjà là?... Il se passera encore longtemps avant que la Russie ait son Victor Hugo.

Ces paroles ne disent-elles pas éloquemment en quelle estime il tenait le grand poète citoyen?

Il suffit de lire les articles qui ont été consacrés à la mémoire de Victor Hugo dans *le Messager d'Europe*, la revue à laquelle Tourguéneff collaborait, pour se convaincre que les anecdotes mises si légèrement en circulation ne sont pas d'accord avec les sentiments que Tourguéneff et ses amis professaient pour le grand poète.

L'auteur de *Pères et Enfants* n'était nullement de la trempe des hommes qui peuvent jouer un rôle dans la politique : la prédominance de la raison et l'amour passionné des vagues principes humanitaires ne sont pas propres à former un politicien, ce sont des qualités d'artiste.

Un fait de sa vie viendra à l'appui de ce que nous avançons. Tourguéneff versa des larmes chaudes et sincères le jour où, à Saint-Pétersbourg, fut exécuté le jeune révolutionnaire Soloview, et deux ans plus tard il allait avec la même sincérité à la

chapelle de la rue Daru pleurer la mort
d'Alexandre II.

Dans les deux cas, Tourguéneff n'était
poussé par aucun mobile politique ; dans
les deux cas, il pleurait les hommes avec
leurs misères, leurs vaines luttes, leurs
passions aveugles.

II

TOURGUÉNEFF ET LES NIHILISTES

I

Quelques jours après la mort de Tourguéneff, M. Lavroff, le révolutionnaire russe
bien connu, inséra dans *la Justice* la lettre
suivante :

« Monsieur le Directeur,

« Vous m'obligerez beaucoup en publiant
dans votre journal, toujours sympathiqué
au mouvement émancipateur russe, les
quelques lignes que j'ai le plaisir de vous
envoyer.

« Une fois M. Tourguéneff mort, je n'ai

non seulement aucune raison de tenir secret,
mais je crois de mon devoir de rendre public, un fait qui, jusqu'ici, n'a été connu que
de moi et d'un très petit nombre de personnes.

« Lorsque je transportai, en 1874, la rédaction de la revue socialiste et révolutionnaire : *En Avant*, de Zurich à Londres, M. Tourguéneff m'a proposé, *de sa
propre initiative*, d'aider à la publication
de cette revue. Pendant les trois années
suivantes, tout le temps que je suis resté
à la tête de la rédaction, il a versé annuelle-
ment 500 francs à la caisse de la revue.

« Agréez, etc.

« PIERRE LAVROFF. »

Ces quelques lignes, peu explicatives en
elles-mêmes, ont eu pourtant l'nonneur d'attirer l'attention du monde entier; en France,
en Angleterre, en Allemagne, partout où le
grand artiste avait des admirateurs ou des

détracteurs, on s'est demandé, qui avec joie,
qui avec anxiété : Est-ce vrai? Tourguéneff était-il un nihiliste? Mais nulle part
l'aveu du révolutionnaire russe n'a produit
une si profonde sensation qu'en Russie.
Dans la patrie du romancier, cette révéla-
tion n'était plus une question intéressante
au point de vue de la physionomie littéraire
de Tourguéneff. Là, cette lettre si brève est
devenue un document politique, une condam-
nation sévère non seulement du poète défunt, mais de tous ceux qui se déclaraient
ses amis, qui écrivaient dans la même revue, qui en un mot arboraient le même drapeau libéral. A Moscou, cette lettre de *la
Justice* est devenue entre les mains des
panslavistes une nouvelle preuve de la connivence des abhorrés *Zapadniki* (amis de
l'Europe et de ses institutions) avec les Zassoulitch et les Kropotkine, ces ennemis
acharnés du tsar.

Aussi Katkoff n'a-t-il pas manqué, le len-

demain de l'arrivée de ce numéro de *la Justice* en Russie, de reproduire en russe la
lettre de M. Lavroff. Il était si certain de
l'effet de cette *horrible* accusation, qu'il ne
trouva pas même nécessaire de l'accompagner du moindre commentaire. Il ne s'était
pas trompé. Le gouvernement du tsar, qui
d'abord paraissait vouloir participer à l'hommage que le public russe se préparait à
rendre à son poète favori, revint aussitôt
en arrière. Le bruit se répandit dans la
capitale qu'on allait défendre toute mani-
festation devant les chers restes du romancier. On disait même qu'après cette lettre
on n'oserait plus transporter en Russie la
dépouille mortelle de Tourguéneff, et qu'il
serait enterré à Paris, malgré son vœu
exprès de reposer auprès de son ami Biélinsky.

Les *Zapadniki*, exaspérés par les diffi-
cultés inattendues qu'ils rencontraient, pro-
testèrent contre la lettre de M. Lavroff;

quelques-uns allèrent même jusqu'à mettre
en doute l'exactitude des affirmations du
correspondant de *la Justice ;* d'autres tâchè-
rent de les atténuer par des explications
plus ou moins hasardées. Peu à peu, l'orage
s'apaisa ; le gouvernement, après sa première explosion de mécontentement, se contenta d'interdire à la municipalité de Saint-
Pétersbourg de prendre à sa charge les frais
des obsèques de Tourguéneff. Le corps du
poète fut ramené en Russie et déposé selon
sa volonté auprès de son ami et critique
Biélinsky. Une foule immense rendit un
hommage éclatant à la mémoire de celui
qui a tant aimé les hommes et qui a su les
faire aimer à tous ceux qui ont lu ses
œuvres.

Mais la *vérité*, la seule chose digne de
notre attention dans ce drame qui se dé-
roule devant un cercueil, a-t-elle jailli du
milieu des assertions contradictoires des
journalistes russes ? Quelles étaient, en dé-

finitive, les rapports de Tourguéneff avec les révolutionnaires russes ? Était-il un des leurs ? Partageait-il leurs opinions ? Leur a-t-il témoigné des sympathies ? Autant de questions intéressantes pour tous ceux qui tiennent à avoir de leur poète favori un portrait psychique complet.

Le fait avancé par M. Lavroff, que Tourguéneff lui a proposé de sa propre initiative d'aider à la publication du journal révolutionnaire, *En Avant*, n'est pas en soi une preuve de solidarité entre le romancier et les révolutionnaires. Pour apprécier la participation pécuniaire de Tourguéneff à la revue de M. Lavroff, il faut avant tout connaître le programme de cette publication, et savoir s'il ne renfermait pas quelque point particulièrement sympathique au romancier. En outre, il ne faut pas oublier que, lorsque Tourguéneff proposait à M. Lavroff son aide pécuniaire, *En Avant* n'était nullement l'organe d'un parti violent. Au con-

traire, cette revue voyait d'un œil peu favorable le nouveau parti des émeutiers (*boun-
tari*) qui venait de se manifester par le
célèbre coup de feu de Vèra Zassoulitch.
En ce temps, l'*En Avant* n'était qu'une revue scientifique consacrée aux études so-
ciales et où la presse russe muselée pouvait, de loin en loin, faire passer des articles qui en Russie avaient été condamnés
à un autodafé.

Nous avons la pleine conviction que Tourguéneff, en facilitant la publication d'*En
Avant*, n'avait en vue que le service rendu
par la revue révolutionnaire de Londres à
la presse de Saint-Pétersbourg. Partisan
convaincu de la liberté pleine et entière de
la presse, Tourguéneff voyait dans l'*En
Avant* un moyen puissant de protester
contre cette censure qu'il avait en horreur
et qu'il était prêt à combattre par tous les
moyens. Toutes les relations que Tourguéneff a eues avec les révolutionnaires russes

n'ont été basées que sur cet amour de la liberté de la presse. La haine de la censure était la seule chose qu'il eut de commun avec les nihilistes. Nous allons le prouver par des documents irrécusables.

II

Avant de présenter à mes lecteurs les documents annoncés, il faut que je les prie de me permettre une courte digression, que je ne puis éviter si je veux être net et clair dans mes explications. Je suis obligé, malgré toute ma répugnance à parler de moi, d'entretenir mes lecteurs de la part que Tourguéneff a prise à la publication d'un de mes romans, dont il est inutile de donner le titre. Au risque d'être soupçonné de me faire une réclame, je ne peux passer ce fait sous silence, car il a été l'occasion des lettres de Tourguéneff dont je dois me servir pour appuyer mes assertions.

C'était en 1879. La presse française s'oc-

cupait alors avec acharnement des nihilistes. Premier Paris, chroniques, feuilletons, ne parlaient que de la *Russie Rouge*.
Les éditeurs demandaient des romans sur
les nihilistes et on en confectionnait. Il ne
m'appartient pas d'apprécier la valeur artistique de ces productions; mais, pour le fond,
je peux dire qu'ils peignaient tout ce qu'on
veut, excepté les révolutionnaires de Russie.
En outre, comme tous ces romans paraissaient d'abord en feuilletons, ils portaient
tous la marque du journal qui les avait
commandés. Pour les journaux révolutionnaires, les nihilistes étaient des anges sans
tache, rêvant tous la réalisation du programme du directeur politique du journal.
Dans les journaux conservateurs, ces mêmes
nihilistes étaient tous d'affreux scélérats,
des hommes sans entrailles, des insensés
qui allaient amener sur la Russie les cala-
mités qu'ont appelées sur la France les Ro-
bespierre et les Marat.

Tous ces romanciers ont peint les nihilistes de la couleur de leurs lunettes ; pas un d'entre eux ne s'est montré impartial. Il est vrai qu'une peinture exacte réclamait des études préalables qui n'étaient pas à la portée de tout le monde. Ces auteurs se sont contentés, pour la plupart, de puiser dans leur propre fantaisie ; les plus consciencieux prenaient la peine d'aller jusqu'à Genève, où ils cherchaient leurs données dans la colonie des réfugiés russes.

C'est alors qu'ému de ces récits fantaisistes, je conçus l'idée d'écrire mon roman, et, dès que la première partie fut terminée, je résolus, avant de continuer le travail, de le soumettre à la critique de notre grand romancier. J'étais décidé dans le cas où Tourguéneff me déconseillerait de publier ce roman, de l'abandonner sans même le finir.

Je ne me suis point adressé à Tourguéneff, parce que je le considérais comme un révolutionnaire, mais parce que j'étais convaincu que je trouverais en lui un artiste sincère au-dessus de toutes coteries et de tous partis, un juge compétent et impartial ; et c'est avant tout ce qu'il me fallait en ce moment.

Je partis pour Paris. Tourguéneff m'accueillit avec sa bienveillance accoutumée, accepta mon manuscrit et me dit de repasser dans deux semaines. Quand je revins. il m'accueillit par ces bonnes paroles :

« — Vous avez fait une œuvre non seulement intéressante mais utile. »

C'était tout ce que je pouvais désirer et au delà ; je n'avais aucunement la prétention de faire une œuvre d'art ; mon but suprême était d'écrire un livre utile.

Le grand romancier voulut alors savoir quels développements je donnerais dans la seconde partie aux caractères de mes personnages et m'interrogea sur les différentes scènes qui suivraient. L'idée-mère de mon roman était de montrer par des types vivants la transformation du russe libéral en révolutionnaire terroriste. Je rappelai, entre autres, à Ivan Serguiévitch ce fait bien connu : en 1864, Serno-Solovievitch avait reçu publiquement un baiser du tsar dans le Jardin d'Été, ce qui n'empêcha pas le gouvernement de le déporter en Sibérie peu après, par voie administrative. Je lui demandai si ce fait ne m'autorisait pas à placer mon héros dans la même situation.

« — Mais vous n'avez pas à aller chercher vos faits si loin, me dit Tourguéneff. Tout dernièrement encore, un médecin N... a été décoré par le tsar lui-même et il est menacé maintenant de la potence.

« — C'est une idée, répliquai-je, mon héros est médecin, il rencontrera le tsar dans un lazaret pendant la dernière guerre. »

C'est ainsi que je dois à Tourguéneff cette scène de mon roman.

Avant de nous séparer, mon bienveillant

4.

compatriote eut la bonté de dire qu'il s'oc-
cuperait de placer mon roman et prierait
son ami, M. Émile Zola, de bien vouloir le
présenter au *Voltaire*.

Je revins à Genève et je repris mon travail. Le 7 décembre 1879, Ivan Serguiévitch m'écrivit en russe :

...... « Il faut que vous m'envoyiez les
derniers chapitres de votre roman : avec un
manuscrit inachevé, il est inutile de commencer des pourparlers avec aucune rédaction. Vous pourrez terminer votre travail,
car j'ai remis mon voyage en Russie jusqu'à la fin de décembre. Les dimensions
de votre ouvrage me donnent un peu d'inquiétude, mais vous pouvez être sûr que je
ferai tout mon possible ; dépêchez-vous de
m'envoyer la fin. »

Le 15 décembre, j'envoyai le manuscrit
complet et je partis pour San-Remo.

A cette époque, *le Temps* publia, d'après
la recommandation de Tourguéneff, une

étude psychologique : *En Cellule*, précédée
d'une courte lettre-préface du romancier,
que les révolutionnaires russes jugèrent
plus désobligeante que favorable pour eux.
Mais les conservateurs russes, Katkoff en
tête, virent dans ces quelques lignes une
preuve irrécusable de connivence de Tourguéneff avec les nihilistes et l'en accusè-
rent ouvertement.

Le poète, qui aimait avant tout la vérité,
fit insérer dans tous les journaux russes,
sous forme d'une lettre adressée à son ami
M. Stassoulevitch, le rédacteur du *Messager d'Europe*, une sorte de profession de
foi dont nous reproduisons les fragments
les plus caractéristiques.

« ...... Tout en m'imputant des intentions
peu nobles et même presque criminelles, le
rédacteur du *Journal de Moscou* m'accuse
de me prosterner devant une certaine partie de notre jeunesse et de rechercher ses
sympathies par tous les moyens. Cette atti-

tude, si elle existait vraiment, prouverait que je renonce à mes idées pour me parer de celles d'autrui. Sans vouloir me vanter, mais uniquement pour constater la vérité, j'ai le droit d'affirmer que les idées que j'ai exprimées soit par la presse, soit oralement, ne se sont en rien modifiées pendant ces quarante dernières années. Je ne les ai jamais cachées à personne. Aux yeux de notre jeunesse, puisqu'il est question d'elle, j'ai toujours passé pour un homme de gradation (*postepenovetz*), un libéral de la vieille roche dans le sens de la dynastie anglaise, un homme qui attend les réformes d'en haut, un ennemi par principe de la révolution..... La jeunesse a eu le droit de m'apprécier comme elle le voulait et je trouverais indigne d'elle et de moi de me présenter sous une autre lumière. »

« Quant aux ovations qui m'ont été faites

----

(1) C'est avec intention que Tourguéneff évitait le nom de *progressiste* pour ne pas être parqué dans ce parti.

dernièrement, elles m'ont été agréables
parce que j'y voyais une marque de sympathie pour les idées auxquelles je suis
resté toujours fidèle et que j'ai professées
devant tous ceux qui voulaient m'écouter. »

« Quel besoin avais-je de me prosterner
devant des personnes qui me tendaient
leurs mains et qui croyaient en moi?..... »

Ceux qui connaissent la sincérité de
Tourguéneff ne chercheront pas d'autres
preuves de l'abime qui le séparait des révolutionnaires russes. Aussi ces derniers,
après cette lettre, le renièrent entièrement.
Moi-même je regrettai de m'être adressé à
lui pour lui demander appui dans un but
qui ne pouvait évidemment lui être sympathique. J'étais surtout tourmenté à la
pensée que c'était par bonté que Tourguéneff m'avait proposé de me faciliter la publication de mon ouvrage dans l'intention
de me procurer un bénéfice pécuniaire.

Je fis part au romancier de mes doutes

et je lui proposai de me renvoyer mon manuscrit, car, après sa profession de foi, je ne voyais aucune raison pour qu'il me prêtât son concours. J'ajoutai que rien n'était plus opposé au caractère de la jeunesse russe qu'un homme de gradation.

III

En réponse à ma lettre, je reçus, à San-Remo, de Tourguéneff les explications suivantes datées de samedi, le 24 janvier 1880.

« .... *Votre roman est entre les* « *mains de M. Émile Zola qui m'a promis* « *de le recommander au directeur du Vol-* « *taire. Il est difficile de dire quand il pa-* « *raîtra; j'ai donné votre adresse à* « *M. Zola, et il vous tiendra au courant.*

« *Quant à vos questions et à vos doutes,* « *je vous dis franchement que je ne sym-* « *pathise pas avec la tendance de votre œu-* « *vre, mais comme je suis un libéral de la* « *vieille roche, non seulement en paroles,* « *je respecte la liberté des opinions con-*

« *traires aux miennes. Je ne crois pas da-*
« *vantage posséder le droit d'empêcher de*
« *les faire connaître, et je ne vois pas même*
« *de motif d'éviter l'occasion d'aider à leur*
« *diffusion surtout quand il s'agit d'une*
« *œuvre littéraire.*

« *Si je tenais au gouvernement par un*
« *lien quelconque, ce serait autre chose.*
« *Mais je me suis toujours tenu à l'écart*
« *pour avoir la pleine liberté* [1] *de penser*
« *et d'agir. Je n'appartiens pas à cette*
« *école qui dit : qu'il faut cacher l'alène*
« *dans le sac,* (nado chilo v mechke outait);
« *au contraire, qu'elle sorte, et qu'on voie*
« *que de ce côté le sac est pourri.*

« *Et voilà pourquoi, moi, homme de*
« *gradation* (postepenovetz) [2] *je suis prêt,*
« *sans aucune hésitation, à aider à la pu-*

(1) Dans le texte, ces mots sont répétés deux fois, évidemment pour renforcer le sens.
(2) Ce mot est corrigé dans le texte ; on voit que la main de Tourguéneff lui obéissait mal quand il l'écrivit.

« *blication d'une œuvre écrite par un révo-*
« *lutionnaire* [1]. »

(1) Le nom de révolutionnaire n'étant décerné en Russie qu'à ceux qui ont été jetés en prison, déportés en Sibérie, ou conduits à la potence, je n'ai pas le droit d'y prétendre.

IV

Nous avons suffisamment démontré que Tourguéneff n'était pas un nihiliste, et qu'il n'a jamais aidé les révolutionnaires, ni à tuer le tsar, ni même à faire sauter le palais d'Hiver. Il n'approuvait pas davantage leur programme ; son idéal était la Russie constituée en empire avec « un tsar à la reine Victoria. »

Qu'est-ce qui l'a donc rapproché des révolutionnaires ? C'est son profond amour de la pensée humaine sous quelque forme et en quelque lieu qu'elle se manifeste. C'est sa conviction qu'il est du devoir de tout homme libéral de la vieille roche, comme il s'intitule, d'aider aux idées professées par les humbles et les persécutés à se faire jour dans le monde.

Ah! si tous les hommes de gradation ressemblaient à celui-là, les révolutions n'auraient jamais leur face lugubre et sanglante !

Tourguéneff n'a jamais trempé dans aucun attentat; il n'est jamais entré dans aucun complot; toute violence était contraire à sa nature; mais, malgré tout, c'était un grand révolutionnaire, et disons toute notre pensée, ces hommes-là sont plus *dangereux* qu'on ne pense : s'ils ne font point de mal aux tyrans, ils tuent la tyrannie.

III

LES FAUX AMIS DE TOURGUÉNEFF

PHÉNOMÈNE DE PSYCHOLOGIE LITTÉRAIRE

I

« Dis-moi qui tu hantes, je te dirai qui tu es. » On aurait tort de vouloir appliquer ce proverbe à Tourguéneff. Comme romancier, ayant pour mission de donner au jour le jour l'histoire de la vie humaine et de reproduire les types sans nombre qu'elle pétrit journellement, Tourguéneff était contraint de voir beaucoup de monde, d'étendre sans cesse le cercle de ses relations, au risque d'admettre parfois au milieu des « su-

jets intéressants » de vulgaires chevaliers
d'industrie.

On sait que lorsque Tourguéneff habitait
le numéro 50 de la rue de Douai, sa porte
était ouverte à tous ses compatriotes et au
premier étranger venu. Tourguéneff ne demandait même pas à ses visiteurs de se
munir d'une lettre de recommandation.
Pour peu qu'il y eût dans leur extérieur
quelque chose qui les distinguât de la foule,
dans leur conversation un semblant d'originalité, ils pouvaient compter sur les sympathies du romancier, qui ne manquait pas
de les inviter à revenir.

Beaucoup d'entre ces hôtes de passage,
comprenaient fort bien qu'ils avaient pour
Tourguéneff l'attrait qu'un nouveau modèle
exerce sur un peintre. Mais l'accueil du
romancier était si bienveillant, sa conversation avait tant de charme qu'ils posaient
de bonne grâce. La plupart même, étaient
très flattés à la pensée qu'ils se retrouve-

raient plus tard, dans un des sympathiques
héros que présentent toutes les œuvres de
Tourguéneff. Ils se promettaient tous de ne
montrer que leurs bons côtés... Ils comp-
taient sans la pénétration du romancier qui
s'entendait à les faire parler plus qu'ils
n'eussent voulu. Et lorsqu'il en décou-
vrait qui ne méritaient point son estime,
après les avoir pressés comme une éponge,
ils les jetaient brusquement de côté.

C'était d'ailleurs l'exception, le plus
grand nombre des visiteurs de Tourguéneff
se recrutait parmi ces admirateurs sincères
des grands artistes qui éprouvent le besoin
d'approcher de l'objet de leur enthousiasme,
de s'épancher devant celui qui a fait naître
leurs plus douces émotions, de lui ouvrir
spontanément leur âme et de lui révéler,
comme à un confesseur, leurs joies et leurs
souffrances intimes.

Mais Tourguéneff n'était pas homme à
accepter ce rôle de pontife auprès des mo-

dèles qui venaient ainsi d'eux-mêmes s'offrir à lui. Il les traitait en égaux, n'exigeant
d'eux qu'une seule chose : une sincérité
absolue dont lui-même donnait l'exemple.
Les relations les plus cordiales s'établis-
saient aussitôt ; Tourguéneff se livrait dans
ses causeries avec un abandon adorable. Il
ouvrait son cœur, initiait son nouvel ami à
tous les détails de sa propre existence, l'en-
tretenait de sa vie de famille, dans cette
maison amie et pourtant toujours étran-
gère.

Ce qui lui manquait le plus, c'était l'élément russe qu'il ne retrouvait pas dans la
maison Viardot.

— Vos plaintes m'étonnent, lui dis-je un
jour ; mais c'est justement par cette maison
que l'élément russe doit pénétrer le plus
profondément à Paris. Ici l'on vous aime,
on lit vos œuvres...

Tourguéneff éclata de ce rire franc et
sonore qui le caractérisait.

— On lit mes œuvres... Mais le moindre roman d'Octave Feuillet leur donne plus de plaisir que tous mes romans pris ensemble... Que leur importe Hécube ?... Et que leur importe la Russie avec ses rêveries et ses héros détraqués ? L'amour dans mes romans ne ressemble pas non plus à l'amour dans les romans français... Mes amoureux ne sont ni gais, ni voluptueux... Ils obligent le lecteur à réfléchir...

Il devisa encore longtemps sur les différences entre le goût littéraire en France et en Russie.

Et cependant, il lui suffisait de s'éloigner pour quelques mois de Paris pour que la nostalgie de la France et de la maison amie des Viardot le ramenât bien vite à la rue de Douai.

Ainsi, M. Polonski, le poète russe bien connu et l'ami intime de Tourguéneff, raconte qu'en 1882, Tourguéneff, se trouvant à Spasskoë, reçut une lettre de Mme Viardot lui annonçant qu'elle avait été piquée au nez par une mouche, qu'il en était résulté une enflure qui l'obligeait à porter un bandeau sur le visage. Un petit dessin à la plume représentait la cantatrice vue de profil avec cet appareil.

— Il faut que je retourne en France immédiatement, s'écria Tourguéneff... Qui sait si cette mouche n'était pas venimeuse et si elle n'a pas empoisonné le sang.

— Tu vas nous abandonner ainsi, nous, tes amis, renoncer à toutes les occupations ?

— Oh ! oui, je dois tout quitter et partir.

Aussitôt, un échange de télégrammes s'établit entre Spasskoë et Bougival. Mme Viardot allait mieux, la piqûre n'était pas empoisonnée et nulle complication n'était à redouter. Tourguéneff se rassura et passa encore quelque temps au milieu de ses amis.

L'absence de l'élément russe dans la maison Viardot est la seule chose que Tourguéneff ait regretté dans cette famille hospitalière. Il n'a jamais articulé d'autre plainte contre elle.

On n'a pas encore suffisamment apprécié l'influence qu'a exercée sur les productions du romancier russe le milieu artistique français dans lequel il a vécu rue de Douai.

Tourguéneff était encore presque un débutant dans les lettres, lorsqu'il fit la connaissance de la famille Viardot. Le jour où il entendit pour la première fois la grande cantatrice, il fut saisi par la puissance de son talent; ce fut un événement dans sa vie. Il en parlait encore avec enthousiasme, dans les derniers jours de sa longue carrière. Il aimait à rappeler que l'impression qu'il avait ressentie était partagée, non seulement par le public tout entier, mais par les acteurs et les choristes. Les pompiers, eux-mêmes, dans les coulisses, restaient la bouche ouverte sous le charme de cette voix troublante.

Tourguéneff se trouva au milieu de la famille Viardot lancé en plein dans le courant artistique français. N'est-ce pas à cette influence que l'auteur d'*Eaux printanières* a dû d'être le seul, d'entre les romanciers russes qui ait réussi à mouler ses œuvres dans cette forme sobre, exquise, classique par sa pureté, dont on n'avait trouvé jusqu'ici les modèles que dans la littérature française ?

Si la gloire de Tourguéneff est quelque peu éclipsée, en ce moment, par celle d'autres grands écrivains russes, il est permis de se demander si, dans la faveur subite dont jouit à cette heure la littérature russe, il ne se glisse pas un peu d'engouement ? Si les défauts de ces émules de Tourguéneff n'ont pas contribué à leur succès en leur donnant une saveur plus exotique ? Tourguéneff aujourd'hui ne semble pas assez

russe, parce qu'il joint à l'analyse profonde
et impartiale qui caractérise le génie slave,
ce sentiment de la mesure et de la propor-
tion qui sont des qualités toutes françaises
et qu'il doit peut-être à son séjour prolongé
en France. Je crois que le moment n'est
pas bien éloigné où la critique le jugera
le plus russe, en même temps que le plus
parfait écrivain de ce groupe brillant des
romanciers contemporains en Russie.

La patrie d'adoption de Tourguéneff n'a
jamais effacé de son cœur sa patrie. Partout où il se trouvait, il cherchait à s'entou-
rer de compatriotes. Malheureusement, il
n'avait pas toujours la main heureuse ; il
lui arrivait souvent d'être la dupe de faux
patriotes qui étaient en même temps de faux
amis.

Ici éclate, entre l'homme et l'artiste, une
opposition curieuse à observer.

Il suffisait au romancier d'avoir une
donnée générale du caractère d'un homme,

pour le reconstruire dans son ensemble, avec une fidélité surprenante. Il pouvait aussitôt, d'intuition, embrasser toute la vie de l'individu et tracer avec minutie sa carrière future.

Chose étrange, cette sagacité faisait entièrement défaut à Tourguéneff dans ses relations personnelles.

Il lui arrivait rarement de pénétrer le caractère ou la valeur d'un homme dès les premières entrevues.

Il est impossible de lire les romans de Tourguéneff sans être frappé par l'unité que présentent ses personnages, l'harmonie profonde qui existe entre tous les traits qui accusent leur personnalité, leurs moindres faits et gestes et toute leur vie telle que le romancier l'a tracée. Comment ne pas supposer au créateur de tant d'êtres humains si vrais, si vivants, le don de lire à première vue dans le cœur des hommes. Il semblerait que, dans la vie réelle, Tourgué-

neff dût, au premier coup d'œil, démêler
la physionomie morale d'un individu et
deviner instinctivement à qui il avait
affaire.

Il n'en était rien ; il lui arrivait souvent
de se tromper cruellement sur la valeur de
ceux qui l'approchaient et, plus d'une fois,
il a pris le cuivre pour de l'or et l'or pour
du cuivre.

Cette absence de pénétration dans le
commerce ordinaire de la vie, tenait peut-
être à l'extrême bienveillance de Tourguéneff dont un des traits distinctifs était la
bonté.

Cette disposition qui lui a occasionné
plus d'une méprise dans la vie a peut-être
été favorable à l'artiste. La sympathie per-
met de pénétrer plus profondément dans le
cœur des autres. On observe mieux ce qu'on
aime que ce qu'on déteste, l'impartialité
étant toujours une chimère. Lorsque Tourguéneff s'était formé une opinion sur une

personnne, et qu'une vilaine action venait
tout à coup démentir cette impression, en
lui livrant le mobile secret qui lui avait
échappé jusque-là, le romancier se trouvait
dans une situation analogue à celle du savant qui a découvert la mâchoire d'un animal appartenant à une race évanouie. De
même que ce savant reconstitue l'individu
tout entier, à l'aide de ces quelques os,
Tourguéneff, muni de cette donnée précise,
pénétrait au fond de l'âme du soi-disant
ami et embrassait toute sa destinée d'un
coup d'œil prophétique. Une foule de détails que, par bienveillance, il avait négligé
d'apprécier, se retraçaient à son esprit avec
leur signification réelle. L'artiste tenait
alors son sujet entre ses mains puissantes
et l'analysait impitoyablement avec une
clairvoyance que rien ne pouvait plus dé-
router.

Je dirai dans quelles circonstances j'ai
eu l occasion d'observer cette sorte de dé-

doublement de la même faculté se parta-
geant entre l'homme et l'artiste. Si je les
rappelle ici, c'est pour mettre mieux en re-
lief un curieux phénomène de psychologie
littéraire.

II

En 1879, arrivaient à Paris, venant direc-
tement de Russie, deux jeunes gens M. X...,
et M. Z... L'un et l'autre se donnaient pour
des nihilistes qui avaient été mis en prison
pour avoir écrit des nouvelles et des articles qui n'étaient pas du goût du gouvernement. Tourguéneff vit en eux des victimes de la censure et des rigueurs des
lois sur la presse en Russie.

Il les prit aussitôt en amitié et les pro-
tégea de tout son pouvoir. Les deux jeunes
gens acceptaient les services de Tourguéneff sans se faire prier. Il n'y eut bientôt
plus, dans l'entourage de Tourguéneff, une
personne influente qui ne fût sollicitée par

lui en faveur de ses nouveaux protégés.

M. X... désirait entrer dans le journa-
lisme et demandait des lettres de recommandation pour tous les directeurs de journaux et les éditeurs. M. Z... se vouait à la
chimie et sollicitait une bourse. Tourguéneff appuyait ses démarches auprès des
riches capitalistes pour obtenir des secours.

L'extérieur de ces deux jeunes gens semblait propre à exciter la méfiance d'un phy-
sionomiste, mais n'éveilla, chez le romancier,
que des sentiments bienveillants ; il était
convaincu qu'il avait affaire à d'honnêtes
garçons.

C'est chez Tourguéneff que je fis connaissance de M. X... Il se trouvait en ce moment
dans une situation gênée et avait besoin de
gagner sa vie. J'eus l'occasion de lui procurer des traductions.

Lorsque, en 1880, Tourguéneff publia dans
les journaux russes la profession de foi

politique dont j'ai parlé plus haut (1) M. X...
fut le premier à se récrier sur la conduite
du romancier. Je retrouve, dans une lettre
qu'il m'écrivit à cette époque à San-Remo,
où je passais l'hiver, l'expression peu me-
surée de son indignation.. . . . .

. . . . . « Tourguéneff est parti d'ici (c'est-
à-dire de Paris) depuis longtemps. Personnellement, j'ai rompu toutes relations avec
lui après sa profession de foi. Il m'a invité,
m'a envoyé plusieurs personnes pour l'excuser auprès de moi, mais *son museau* me
dégoûte maintenant et je n'ai plus aucune
envie de le voir... »

Chacun est libre d'avoir son opinion,
M. X... pouvait user de ce droit comme un
autre : mais les termes dont il se servait
étaient si vulgaires et, après les bontés de
Tourguéneff, indiquaient tant d'ingratitude
et une telle fausseté de caractère, que j'en

(1) *Tourguéneff et les révolutionnaires russes.*

fus révolté. Malheureusement toute la jeunesse russe était à ce moment indisposée
contre Tourguéneff, à un tel point que je
me laissai influencer à mon tour et que je
finis par excuser au moins le ressentiment
de X..., mais non les expressions dont il
s'était servi. J'étais bien loin de me douter
que X... était tout à fait indifférent aux
opinions politiques de Tourguéneff et que
sa lettre m'avait été adressée dans un tout
autre but. Si ce monsieur peut encore s'in-
digner de quelque chose, son indignation
à ce propos n'était qu'une feinte et devait
lui servir de préambule pour me conduire
à ses fins.

Quelques mois plus tard je me retrouvai
à Paris, où je reçus une lettre de Tourguéneff m'invitant à aller le voir à Bougival.

Je me disposais à sortir de chez moi
pour me rendre à la gare Saint-Lazare,
lorsque je vis entrer M. X..., accompagné

d'un autre Russe, que je tenais et que je tiens toujours en grande estime.

Après avoir échangé quelques propos indifférents, X... me dit de sa voix traînante :

— Vous allez voir Tourguéneff ?... Ah !... Vous pouvez me rendre un grand service... C'est aujourd'hui le terme... Il me faut 200 francs... Le mois prochain je recevrai 1,500 francs et je rendrai cet argent avec remerciements...

— Je voudrais bien pouvoir vous obliger, malheureusement je ne dispose pas de cette somme, répondis-je.

— Je le sais, je le sais... Mais vous allez rendre visite à Tourguéneff... il vous les prêtera....

— Mais pourquoi n'allez vous pas les lui demander vous-même ?

— Mais je vous ai écrit que je ne mets plus les pieds chez lui, qu'il me dégoûte...

— Et son argent ne vous dégoûte pas ?...

— Mais c'est vous qui le lui demanderez et comme si c'était pour vous...

Ce fut dit crânement et sans sourciller.

— Je vous le répète, je ne crois pas qu'il me soit possible de faire ce que vous me demandez.

Je voulus prendre congé de M. X..., mais le camarade qui l'accompagnait s'approcha de moi, et me pria avec instance de procurer cet argent, en ajoutant que celui-ci se trouvait, ainsi que sa femme, dans une situation fort critique.

Cependant je partis pour Bougival sans avoir pris aucun engagement.

Je trouvai Tourguéneff en veine communicative ; je ne lui connaissais pas encore cette verve entraînante. Je l'écoutai, ravi, pendant une heure qui ne compta soixante minutes que sur le cadran. Il revenait de Russie sous l'empire d'impressions toutes fraîches et s'exprimait avec une pointe humoristique d'un effet irrésistible.

Rien de plus désopilant que sa manière de raconter comment Katkoff, à la fête donnée en l'honneur de Pouchkine, tendit la main aux libéraux pour regagner leur faveur.

Tourguéneff imitait la mine hypocrite du célèbre journaliste russe dont les regards, comme des chauves-souris, voltigeaient du camp des libéraux à celui des conservateurs, alors en baisse en Russie, pour s'accrocher définitivement aux cheveux du parti libéral.

Puis il parla de l'anti-sémitisme qui sévissait alors en Russie et ne trouva pas d'expressions assez énergiques pour flétrir les instigateurs de ces croisades qui, selon lui, étaient plus déshonorantes pour la Russie qu'aucun autre événement de sa vie intérieure.

Enfin la conversation tomba sur les Russes actuellement à Paris, et il mentionna MM. X... et Z... dans les termes les plus sympathiques.

Pour la première fois, je me souvins de l'étrange commission dont j'étais chargé. Je ne pus résister au désir de voir de quelle manière le romancier accueillerait cette demande insolite, en si complet désaccord avec le sujet de notre entretien, et, sans ambages, je le priai de me prêter 200 francs,

6

j'ajoutai simplement que ce n'était point pour moi, mais pour une personne qui se trouvait dans la peine et qu'il connaissait bien... Je lui assurai en même temps que la somme lui serait restituée dans un mois.

Tourguéneff, sans même me demander de quoi il s'agissait, sans me poser une seule question, se dirigea vers sa table, prit dans un tiroir un carnet de chèques, en détacha une feuille, inscrivit les 200 francs et m'indiqua la maison où je pourrais les toucher.

J'ai déjà dit comment je m'explique l'incident que rapporte M. Geffroy dans son article qui a paru dans *la Justice*.

Il me semble que le fait que je viens de citer prouve encore une fois combien Tourguéneff était généreux et tenait peu à l'argent. Évidemment l'indélicatesse qu'on lui reproche à l'égard de Flaubert et de

MM. Zola et Goncourt ne peut être attribuée qu'à un malentendu.

Je reviens à mon récit. Le soir même, je remis les 200 francs à M. X... Il se confondit en remerciements et renouvela sa promesse de me rendre cette somme dans un mois.

— A propos, lui dis-je en le quittant, Tourguéneff a parlé de vous dans les termes les plus sympathiques.

— Oh ! je le sais bien ! répondit M. X... avec une moue pleine de fatuité.

Puis il ajouta :

— J'irai peut-être le voir.

— Vous ferez bien. Vous lui devez au moins une visite.

IV

L'hiver approchait et je me disposais à quitter Paris. Le terme fixé par M. X... pour le remboursement de la somme était presque atteint. Je savais qu'il avait reçu l'argent qu'il attendait, et je m'étonnais de son peu d'empressement à tenir sa promesse.

Je passai chez lui pour lui rappeler que, dans quelques jours il devait rendre à Tourguéneff 200 francs.

— Oh! soyez tranquille, me répondit-il... J'ai vu Tourguéneff; il sait tout!...

Je tombai des nues.

— Comment! m'écriai-je, vous lui avez

dit que j'ai emprunté 200 francs pour vous?...

— N-o-on..., je lui ai dit que je vous devais 200 francs et que vous vous êtes remboursé de cette somme en la prenant chez lui...

— Mais c'est malhonnête ce que vous avez fait là?

— Vous auriez voulu que je lui avoue que je vous ai chargé d'emprunter cet argent pour moi... Pourquoi ne le lui aurais-je pas emprunté moi-même?

— Mais, à cette époque, vous n'alliez pas chez lui.

M. X... jeta de son œil louche un regard moqueur qui disait clairement : — Va, grand niais que tu es!

Cette fois j'étais édifié sur le compte du personnage. Je racontai ce fait à des Russes qui connaissaient X... Comme il ne me fut pas possible de voir Tourguéneff avant mon départ, je lui écrivis du midi une lettre

6.

dans laquelle je lui exposai en détail tout
ce qui s'était passé entre X... et moi.

Tourguéneff me répondit immédiatement
qu'il savait que l'argent que je lui avais
emprunté était destiné à X..., que je ne devais pas avoir d'inquiétude à ce sujet, et qu'il
ne me considérait pas comme son débiteur,
mais qu'il serait très curieux de lire la lettre
dans laquelle X... affirmait qu'il avait cessé
de voir Tourguéneff, parce que c'était tout
à fait faux.

En 1882, je vis de nouveau Tourguéneff.
Après avoir échangé les premières saluta-
tions, il me demanda aussitôt :

— Avez-vous la lettre de X...?

Je n'avais pas songé à l'apporter. Il fut
visiblement contrarié et je promis de la lui
remettre le lendemain.

En effet, le jour suivant il put satisfaire sa
légitime curiosité. En lisant les lignes honteuses que j'ai citées plus haut, écrites par
un homme qu'il n'avait cessé de combler

de bienfaits, Tourguéneff pâlit et resta quelques instants absorbé dans ses réflexions. Peu à peu son visage s'éclairait et il me dit d'un air rasséréné, avec la satisfaction d'un homme qui vient de faire une découverte :

— Je me suis trompé dans ce jeune homme, mais maintenant je peux vous prédire avec certitude sa carrière future. Oh ! je parie que je ne me tromperai pas sur un seul point. Rappelez-vous bien ce que je vous dis : cet homme deviendra un collaborateur de Katkoff, il lâchera les nihilistes avec lesquels il est maintenant et les couvrira de boue ; il publiera des souvenirs sur moi après ma mort et se fera passer pour mon ami intime. Comme il a des lettres de moi, on croira facilement à notre intimité et on prendra pour la vérité même toutes les paroles qu'il me mettra dans la bouche.

Je voulus protester, mais il m'interrompit d'un geste courroucé... Il éprouvait l'impatience d'un artiste à qui l'on ne donne pas le temps d'achever son esquisse.

— Attendez, attendez, dit-il, je n'ai pas fini... Cet homme ne périra pas de mort naturelle... Il sera tué par une femme. Il est poltron devant les forts et hardi, très hardi contre les faibles. Les femmes auront beaucoup à souffrir de lui... Mais un jour il tombera entre les mains d'une de ces femmes russes fortes et décidées, qui lui fera sauter la cervelle.

— Quel sinistre horoscope! m'écriai-je... Ce malheureux X...

— Sans doute, reprit Tourguéneff, je ne peux pas vous dire dans combien de temps tout cela s'accomplira, mais je parierai tout ce que vous voudrez que les choses se passeront ainsi... Quant à Z...

— Aussi! m'écriai-je avec étonnement.

— Je me suis également trompé en lui. Vous savez que j'ai trouvé quelqu'un qui

l'a mis à même de poursuivre ses études
de chimie, parce qu'il m'a promis ensuite
de retourner en Russie pour appliquer la
chimie à l'agriculture, et initier les paysans
aux notions qui peuvent leur être utiles. Eh
bien ! maintenant qu'il a terminé ses études,
il ne songe qu'à s'enrichir et regarde comme
bien au-dessous de lui les humbles fonctions
de maître d'école... Oh ! vous verrez que
celui-là en fera voir de belles aux moujiks ;
il se fera usurier et dépouillera nos paysans
de leur dernier lopin de terre ; il sera la terreur du village et mourra assassiné par un
moujik.

Les prédictions de Tourguéneff se sont
réalisés à quelques détails près :

X... a lâché les nihilistes et les a couverts
de boue en les accablant d'accusations
fausses et honteuses ; il n'est pas devenu le
collaborateur de Katkoff, mais il est attaché
à un journal de la même couleur où Tourguéneff et ses amis sont vilipendés tous

les jours. Il a publié des souvenirs sur
Tourguéneff qui font beaucoup de tort à
la mémoire du romancier. Il exploite les
femmes et une malheureuse a déjà été ré-
duite par lui à la misère et à la folie... Il
n'a pas encore rencontré celle qui lui fera
sauter la cervelle. C'est le seul point de la
prophétie de Tourguéneff qui n'ait pas été
accompli jusqu'ici.

En ce qui concerne M. Z... la clairvoyance
de Tourguéneff n'est pas moins étonnante.
Le protégé du romancier n'est pas retourné
en Russie comme il le lui avait promis. Il
a préféré émigrer pour l'Afrique, si je ne
me trompe; là il possède des plantations et
des esclaves et l'on assure qu'il est le plus
dur des planteurs.

Si l'âme de Tourguéneff pouvait voir ce
qui se passe en ce monde, l'artiste se félici-
terait d'avoir prophétisé si juste, mais
l'homme déplorerait son long aveuglement.

IV

LA MÈRE D'IVAN TOURGUÉNEFF

D'APRÈS LES MÉMOIRES DE SA FILLE ADOPTIVE

I

Introduction. — Les aïeux de Tourguéneff. — Un beau-
père tyrannique. — Le père du romancier. — Sa beauté
célébrée par une princesse d'Allemagne. — Vie somptueuse de Spasskoë.

En 1838, quelques jours après ma naissance, mes parents me portèrent, d'après
le désir de Mme Tourguéneff, chez la mère
du célèbre romancier, dans sa maison à
Moscou. Elle m'adopta pour sa propre fille,
et j'ai vécu auprès d'elle jusqu'à son dernier
jour.

Depuis la mort de notre regretté romancier, les journaux et les revues se sont beaucoup occupés de sa mère et l'ont peinte sous des couleurs très peu sympathiques. Cette impression ne sera pas modifiée par mon récit; mais, par respect pour la vérité, je révélerai bien des circonstances de la vie de Mme Tourguéneff qui étaient propres à corrompre une nature moins fougueuse et moins fière que celle dont elle était douée.

Elle appartient à un autre temps et à des mœurs qui ne sont plus les nôtres.

Dans ses veines coulait le sang des Loutovinoff, seigneurs tout-puissants, aux caprices effrénés.

Ivan Tourguéneff a décrit ses ancêtres dans *Trois portraits* et *Le paysan Ovsiannikoff*, nouvelles qui font partie des *Récits d'un chasseur*.

La mère d'Ivan Tourguéneff a subi la loi fatale de l'hérédité, mais ses instincts d'é-

goïsme, de domination et parfois de cruauté,
ont été développés et fortifiés par les in-
justices dont elle a été victime dans son
enfance.

Elle avait perdu son père à l'âge le plus
tendre, et fut élevée dans la maison du se-
cond mari de sa mère, où elle se vit cruellement maltraitée.

J'ai eu connaissance de détails si horribles, que ma main se refuse à les transcrire.

Somoff, le beau-père de Mme Tourguéneff,
la détestait, lui faisait subir tous ses caprices et ceux de ses propres filles, la battait, l'humiliait de toutes les manières.
Quand elle atteignit sa dix-septième année,
ces persécutions prirent un autre caractère
bien plus odieux encore.

Un jour, Somoff, rencontrant en elle une
résistance invincible à ses désirs criminels,
voulut lui infliger la plus humiliante des

7

punitions. La jeune fille se décida alors à prendre la fuite.

Elle s'échappa de la maison, à demi-vêtue, et fit à pied soixante kilomètres pour se réfugier chez son oncle, Ivan Loutovinoff, qui habitait le village de Spasskoë où devait naître plus tard Ivan Tourguéneff.

L'oncle de la jeune fille la prit sous sa protection et, malgré les réclamations de la mère de l'enfant, refusa de la rendre à son beau-père.

La mère de Tourguéneff demeura chez son oncle jusqu'à sa mort ; il fut enlevé subitement, et les bruits les plus étranges ont couru sur sa fin.

La nièce d'Ivan Loutovinoff hérita de l'immense fortune de son oncle ; à ce moment elle avait trente ans.

Libre de toute entrave, cette femme qui avait un tempérament des plus fougueux, dut enfin se dire : « Maintenant, je peux tout ! »

Nous verrons plus tard avec quelle conviction elle .crut à son pouvoir et l'exerça
sur tous ceux qui l'approchaient. Proprié-
taire de milliers de serfs, opulente, elle
pensait que tout devait plier devant sa volonté. Hélas ! elle ne devait pas tarder à
découvrir qu'il y avait sur la terre d'autres
volontés qui réclamaient aussi leur place
au soleil.

Peu après la mort de son oncle, Varvara
Pétrovna épousa Sergueï Nicolaevitch Tourguéneff.

Je sais seulement du père de notre romancier qu'il était d'une beauté exception-
nelle.

Il fut présenté un jour à une princesse
régnante d'Allemagne. Quelques années
plus tard, Mme Tourguéneff se trouva à
Carlsbad en même temps que cette princesse. Les deux dames se rencontrèrent
une fois à la source. Mme Tourguéneff étendit, pour puiser de l'eau dans son gobelet,

son bras orné d'un bracelet avec le portrait de son mari. La princesse s'empara de la main de Mme Tourguéneff et s'écria :

— Ah ! vous êtes la femme de Tourguéneff... je ne l'ai pas oublié... Après l'empereur Alexandre Ier c'est le plus bel homme que j'aie jamais vu.

Les Tourguéneff menaient dans leurs terres cette vie dissipée des boyards qui est bien connue à l'étranger.

La richesse de Mme Tourguéneff, son esprit, son savoir-vivre, la distinction de son mari attirèrent dans leur château tout ce qu'il y avait de noble et d'opulent dans la contrée. Mme Tourguéneff avait sa chapelle, son propre théâtre, dont les acteurs se recrutaient parmi ses serfs, et son orchestre. Toute la maison était organisée sur ce pied-là et avec cette largesse. On considérait comme un grand honneur d'être invité à Spasskoë.

La châtelaine était si spirituelle, si aimable — je dirai même ensorcelante —
que, n'étant ni jeune ni belle, et en dépit
de son visage marqué de la petite vérole,
elle attirait toujours une foule d'adorateurs.

La famille de Tourgéneff. — Heureuse influence d'Ivan
Tourguéneff sur le caractère de sa mère. — Les gre-
nouilles d'Aristophane. — Le rire de Tourguéneff. —
Le journal intime de la mère et celui du fils.

La famille du romancier se composait,
au moment où commencent ces mémoires,
de Mᵐᵉ Tourguéneff, de son beau-frère
Nicolas, qui, depuis la mort de son mari,
gérait pour elle ses propriétés ; de ses deux
fils, Nicolas et Ivan, de moi, la fille adoptive, « l'enfant de la maison », et d'une
nièce.

Il y avait en outre plusieurs institutrices
étrangères, qu'on changeait fréquemment,
et des professeurs de musique.

Mᵐᵉ Tourguéneff n'a jamais toléré des

commensaux autour d'elle, son caractère altier ne se serait pas contenté de la docilité de personnes qui lui devaient leur pain.

Son amour du pouvoir et son besoin de domination s'étendaient au delà du cercle de sa famille et de ses serfs. Elle dominait tous ceux qui l'approchaient, tous ceux qui entraient en relation avec elle, au point de plier à ses volontés des personnes qui n'étaient nullement obligées de lui obéir.

Il suffisait souvent d'un seul de ses regards pour clouer la bouche à quiconque hasardait devant elle une opinion qui n'était pas de son goût. Personne n'avait le droit de soutenir en sa présence une idée contraire à la sienne.

Son fils favori, Ivan, avait seul le privilège de pouvoir exprimer devant elle, dans les termes les plus doux, ses désirs ou ses regrets sur le ton de la prière et non de la discussion.

Quand Ivan Tourguéneff se trouvait à Spasskoë, sa mère n'était plus la même personne. Elle traitait ses gens avec bienveillance et s'efforçait même de faire du bien aux autres pour amener un sourire sur le visage de son fils chéri.

Quant à moi, Ivan Tourguéneff avait l'habitude de me prendre dans ses bras et de se livrer avec moi à toutes sortes d'espiègleries. Il était encore très jeune lui-même et aimait à faire l'enfant.

Il étudiait en ce moment le grec, et en particulier Aristophane ; il eut un beau matin la fantaisie de me faire parler *la langue des grenouilles*, selon son expression.

Il me fit apprendre les syllabes suivantes : *Bre-ke-ks-keks-koaks-koaks...* qui se trouvent dans la célèbre comédie d'Aristophane. Il me juchait sur la table, me faisait prendre une pose classique, le bras étendu, et je devais répéter d'abord lentement, en traînant avec solennité, ensuite très vite et d'une voix aiguë, ces onomatopées. Nous riions comme des fous en nous livrant à cet exercice, au grand déplaisir de Mme Tourguéneff, qui nous adressait chaque fois des remontrances.

— Finissez donc, Jean, vous gâtez la petite, vous en ferez une virago.

D'ailleurs, Mme Tourguéneff ne pouvait souffrir le rire insouciant et communicatif qui distingua de tout temps son fils Ivan.

— Mais cesse donc ! Jean, s'écriait-elle ; c'est même de mauvais goût de rire ainsi. Que signifie ce rire bourgeois ?

Lorsque Ivan partit pour l'étranger, sa mère souffrit cruellement de la séparation.

J'ai encore entre les mains l'album de Mme Tourguéneff daté de 1839 à 1840. J'y trouve les lignes suivantes qui donnent une idée des tourments que lui faisait endurer l'absence de ce fils chéri :

« 1839. — A mon fils Jean :

7.

« C'est que Jean, c'est mon soleil à moi ;
je ne vois que lui et lorsqu'il s'éclipse, je
ne vois plus clair, je ne sais plus où j'en
suis.

« Le cœur d'une mère ne se trompe jamais, et vous savez, Jean, que mon ins-
tinct est plus sûr que ma raison. »

J'ai lu dans une revue que Mme Tourguéneff avait laissé à son fils son journal...
Ce que je sais positivement, c'est qu'en 1849,
à Spasskoë, le journal intime et toute la
correspondance de Mme Tourguéneff ont été
consumés, en ma présence, au jardin, et
j'ai assisté moi-même à cet autodafé.

Est-ce en vertu de la loi fatale de l'hérédité qu'Ivan Tourgéneff, lui aussi, a refusé
de publier son propre journal, et à l'exemple de sa mère l'a brûlé à Bougival, dans
un jardin ?

III

Le train de vie que mena Mme Tourguéneff dans son veuvage. — La langue française à Spasskoë. — Le martyre d'Ivan Tourguéneff.

La vie de Mme Tourguéneff était réglée dans un ordre rigoureux. Tout se faisait à heure fixe. Même les pigeons qu'elle nourrissait savaient à quelle heure ils devaient venir réclamer leur portion d'avoine.

Elle avait environ quarante domestiques dans sa maison, et en outre, une multitude de petits garçons qui se tenaient aux portes, pour transmettre les ordres de la maîtresse de la maison.

La femme de chambre attachée au service personnel de Mme Tourguéneff était dé-

signée sous le nom *Kammerfräulein*. Tous
les domestiques devaient savoir lire et
écrire.

Une jeune servante partageait mes leçons de français. Mme Tourguéneff ne lisait
que des romans écrits en cette langue, elle
aimait en garder des citations. La jeune
fille devait copier tous les passages que sa
maîtresse avait soulignés au crayon.

Le russe n'était en usage que pour parler aux domestiques. Nous, les membres
de la famille, nous avions tous l'habitude
de lire, d'écrire, de penser, et même de
prier Dieu en français.

Le matin, en ouvrant les yeux, je com-
mençais la journée par cette prière :

« Seigneur, donnez-moi la force pour résister, la patience pour souffrir, et la cons-
tance pour persévérer. »

Ma seconde mère m'obligeait en outre
à lui lire à haute voix, tous les matins, un
chapitre de l'*Imitation*.

La langue française était en si grand
honneur chez nous que, même à la confession, je lisais avant de communier des
prières en français (1).

Mme Tourguéneff n'était pas une tendre
mère. Si elle battait ses gens, elle fouettait
avec non moins de zèle ses propres fils.

Ivan Tourguéneff raconta un jour lui-
même : « On me fouettait pour un rien et
presque tous les jours. Une fois, quelqu'un
m'accusa auprès de ma mère d'une faute
que je n'avais même pas commise. Sans
prendre la peine de me questionner, elle
se mit aussitôt à me fouetter de ses propres
mains. J'avais beau lui demander la cause
de ce châtiment, elle répondait sans cesser
de me frapper.

(1) Comme l'épisode du martyre d'Agathe et de son
mari Poliakoff a été donné déjà dans mon ouvrage
précédent, LA TERRE DANS LE ROMAN RUSSE, je le remplace ici par un récit des mauvais traitements que
Mme Tourguéneff infligeait souvent à son fils.

— Tu dois le savoir toi-même, et si tu ne le sais pas, devine-le, devine-le.

Le lendemain, lorsque je déclarai que je ne savais point pourquoi j'avais été puni, ma mère m'infligea une nouvelle correction, en ajoutant qu'on me fouetterait ainsi tous les jours, jusqu'à ce que j'eusse avoué ma faute.

Alors je fus saisi d'une telle frayeur, que je résolus de m'enfuir de la maison.

La nuit, je me levai, je m'habillai et me glissai à tâtons dans le corridor à la faveur de l'obscurité.

Je ne savais pas où aller, je ne savais qu'une chose, c'est que je ne pouvais pas vivre plus longtemps dans cette maison, et que je devais me réfugier dans un endroit où l'on ne me retrouverait pas.

Comme un voleur, je me dérobais sur la pointe des pieds, lorsque tout à coup je restai cloué de terreur : j'avais aperçu la clarté d'une bougie, et quelqu'un venait à moi.

Heureusement c'était mon vieux précepteur qui me saisit la main, tout surpris de me trouver là et se mit à m'interroger.

— Je veux me sauver loin d'ici, m'écriai-je en fondant en larmes.

— Comment vous sauver d'ici ?... Mais où irez-vous ?

— Où mes yeux me conduiront.

— Mais pourquoi ?

— Parce qu'on me fouette et je ne sais pas ce que j'ai fait.

— Vous ne savez pas pourquoi on vous punit ?

— Je vous jure que je ne le sais pas.

Le bon vieillard m'embrassa, me ramena dans ma chambre et me promit qu'on ne me battrait plus.

Le lendemain, il se rendit chez ma mère et évidemment gagna sa cause, car on me laissa tranquille ce jour-là.

Quant à mon père, il ne prenait jamais
ma défense, au contraire ; il était persuadé
que je méritais toujours le fouet.

Lorsque le soir, les yeux gonflés de larmes, je venais lui baiser la main, il me
disait d'un ton de reproche :

— Tu es joli, mon petit... si jeune encore et faire tant de vilaines choses !...

Ces paroles m'effrayaient encore plus
que le châtiment que j'avais subi. J'y pen-
sais toute la nuit sans pouvoir découvrir
quelles étaient ces vilaines choses qu'on
me reprochait . »

IV

En 1841, Ivan Tourguéneff revint de l'é-
tranger et arriva en été à Spasskoë. Il
apportait sa première œuvre, *Paracha*.

C'est à peine si nous y avons fait attention. Le petit volume, revêtu d'une cou-
verture bleue, trainait dans la chambre de
maman, et je ne crois même pas que nous
en ayons parlé ensemble.

Je me souviens seulement d'une phrase
qui nous avait frappées, et qui disait que,
dans les bonnes maisons, on ne buvait pas
de *kvass* (boisson acidulée, très répandue
en Russie). A partir de ce jour, le *kvass* fut

banni de chez nous, au grand regret de ma
bonne institutrice, qui l'aimait beaucoup.

Ivan Tourguéneff connaissait trop bien le
caractère de sa mère pour se laisser aller à
exprimer ouvertement ses opinions devant
elle. Il savait que cela ne servirait qu'à
l'exaspérer. Cependant en sa présence elle
se transformait.

Le refroidissement qui survint dans les
rapports de la mère et du fils, se produisit
plus tard... Ce ne fut même pas, à propre-
ment parler, un refroidissement; il s'éloigna d'elle, parce que la lutte devenait impossible... et ne pouvait amener que de
mauvais résultats. Rester spectateur impassible devant tout ce qui se passait dans la
maison maternelle était un supplice trop
rude pour ce cœur aimant. Il se tint à
l'écart.

Il me souvient qu'un jour, nous étions à
Spasskoë, réunis sur le balcon.

Ivan Tourguéneff avait à ses pieds sa

chienne Diane ; il était très gai et causait
littérature.

Tout à coup, il se leva et se mit à arpenter le balcon à pas précipités :

— Dieu ! dit-il avec dépit... si j'avais le
talent de Pouchkine... Il aurait su faire un
poème sur notre économe... Oui... oui...
c'est cela un talent... Et moi?... je parie
que de toute ma vie, je n'écrirai pas une
chose qui ait de la valeur !

— Et moi, reprit sa mère, d'un ton presque dédaigneux, je ne comprends pas quelle
idée t'a pris de devenir écrivain... Est-ce
l'affaire d'un noble?... Tu conviens toi-
même que tu ne seras pas un Pouchkine...
Je comprends encore écrire en vers... mais
être un écrivain... un écrivain !... sais-tu ce
que c'est qu'un écrivain?... Je vais te le
dire... écrivain ou gratte-papier, c'est tout
un... l'un et l'autre grattent du papier
pour de l'argent... Un noble doit servir le
tsar, se faire une carrière et un nom dans

l'armée et non en grattant du papier... Et
qui lit des livres russes? Vraiment, crois-
moi, Jean, entre dans l'armée, tu auras
bientôt un grade... et ensuite tu te marie-
ras...

— Me marier, maman! dit Ivan Tourguéneff en partant d'un éclat de rire... cela
jamais..... n'y songez pas..... L'église de
Spasskoë dansera plus vite le *trepaka* (danse
populaire en Russie) sur ses deux croix,
que moi je ne me marierai.

Je ne pus m'empêcher de rire.

— Comment osez-vous rire quand il dit
des bêtises?... gronda maman; et quelles
bêtises tu dis, Jean, et en présence de cette
enfant!

— Mais moi, maman, je ne comprends
pas pourquoi tu parles avec un tel dédain
des écrivains... Autrefois, vous étiez toutes
folles de Pouchkine...Et Joukovsky?... toi-
même tu l'aimais et tu l'estimais.

— Joukovsky... c'est différent... tu oublies qu'il était à la cour...

Un jour, elle eut la condescendance de lire les *Ames mortes* de Gogol.

— Oh! que c'est drôle! dit-elle... Mais à vrai dire, je n'ai jamais rien lu de plus *mauvais genre*, ni de plus inconvenant.

Ce même hiver, Liszt vint à Moscou, Mme Tourguéneff, qui sortait rarement, voulut entendre le célèbre compositeur et virtuose. Son fils Ivan l'accompagna.

L'escalier qui conduisait à la salle de concert était très élevé; les domestiques avaient oublié le fauteuil à courroies dans lequel on transportait Mme Tourguéneff.

Varvara Pétrovna avait déjà les pieds enflés et malades, il lui était impossible de gravir les marches.

Ses yeux lançaient des flammes de colère à ses laquais.

— Je veux te porter dans mes bras, maman, dit Ivan Tourguéneff.

Sans attendre l'assentiment de sa mère, il la souleva comme un enfant, la porta au haut de l'escalier, et ne la déposa qu'à l'entrée de la salle.

Tous ceux qui assistaient à cette scène exprimèrent leur attendrissement et plusieurs personnes vinrent féliciter Mme Tourguéneff d'avoir un fils si tendre et si attentif.

Il faut croire qu'elle fut enchantée de l'aventure, car elle ne gronda pas le domestique qui avait oublié le pliant.

Mme Viardot vint à Moscou en 1846, un peu avant le nouveau départ d'Ivan Serguéievitch.

Elle donna un concert.

Mme Tourguéneff avait déjà connaissance des relations qui existaient entre son fils et la famille Viardot, et elle ne les approuvait point du tout. Cependant, elle résolut d'entendre la cantatrice.

C'était une matinée. Au retour du concert, Mme Tourguéneff fut très mécontente en voyant qu'Ivan n'était pas rentré pour le dîner.

Elle fut maussade pendant toute la durée du repas et ne prononça pas une parole. Vers la fin du dîner, elle donna un coup violent de son couteau sur la table, et, comme en se parlant à elle-même, s'écria :

— Il faut avouer pourtant que cette maudite bohémienne chante fort bien !

V

Un médecin-serf. — Vains efforts d'Ivan Tourguéneff pour obtenir son affranchissement. — La guérison ou la Sibérie.

J'ai déjà mentionné notre médecin Porphyre Kartacheff. Son histoire mérite d'être racontée, car elle caractérise l'époque où il vivait.

Quand Ivan Tourguéneff alla pour la première fois poursuivre ses études à Berlin, Porphyre Kartachef l'accompagna en qualité de valet de chambre, ou plutôt de menin.

A partir de ce moment, ses relations avec son maître furent des plus cordiales. On les voyait souvent ensemble, engagés dans une conversation amicale, et personne ne le

trouvait singulier, Porphyre étant connu
de tout le monde pour un homme estimable.

Mme Tourgnéneff seule le traitait en serf.
Porphyre Kartacheff avait appris l'allemand
et la médecine à l'Université de Berlin.
Ses connaissances étaient très profondes,
et les meilleurs médecins lui demandaient
souvent des conseils.

Dans toute la contrée que nous habitions,
sa renommée s'était répandue, et nos voi-
sins envoyaient souvent leurs équipages
pour le chercher ; mais, hélas! en sa qualité de serf, il ne pouvait se rendre auprès
des malades, qu'après avoir obtenu l'autorisation de la châtelaine.

Ivan Serguéïevitch implora sa mère d'af-
franchir son médecin ; elle ne voulut pas
en entendre parler, déclarant, à chaque
nouvelle tentative de son fils, que Porphyre
était très bien traité, qu'elle le distinguait
des autres serfs, puisqu'elle lui permettait
de dîner des restes de la table des maîtres

8

et qu'elle le payait quatre fois plus que ses autres serviteurs.

— Tout cela est fort bien, répondait Ivan Tourguéneff, mais retire lui son joug. Je te jure que, tant que tu vivras, il restera près de toi. Rends-lui la conscience qu'il est un homme et non pas un serf, une chose dont tu peux disposer à ton gré.

Mais toutes les prières d'Ivan furent vaines, et Porphyre Kartachef ne fut libéré qu'après la mort de Mme Tourguéneff.

Notre cher médecin avait un type très caractéristique : la taille élevée, large d'épaules, les traces de la petite vérole n'enlevaient rien à l'expression de bonté de son visage, et ses petits yeux noirs étaient pleins d'esprit et de douceur.

Maman l'appelait « Flegme toujours endormi », mais elle n'avait de repos que lorsqu'il était dans la maison.

Chaque fois qu'elle avait une crise de

nerfs, il accourait avec des gouttes et disait
invariablement :

— Madame, calmez-vous.

Il suffisait, à ce qu'il me semble, de regarder cet homme paisible et vigoureux
pour calmer les nerfs les plus irrités.

Une fois Porphyre eut à soutenir une
lutte violente avec Mme Tourguéneff.

J'avais dix ans, et je tombai malade de
la fièvre typhoïde. Maman était au désespoir.
Voyant la gravité de mon état, elle voulut
demander d'autres médecins. Porphyre s'y
opposa.

— Ne vous inquiétez pas, madame, lui
dit-il, n'appelez personne : j'ai soigné mademoiselle dès le commencement de la maladie et je la guérirai.

Mme Tourguéneff leva les yeux sur lui,
le regarda fixement et prononça cette sen-
tence :

— Rappelle-toi que si tu ne la guéris pas,
tu iras en Sibérie.

Notre cher médecin ne fut pas effrayé de cette menace. Il sortit de la chambre de maman avec son flegme habituel et vint s'asseoir à mon chevet, où il resta jour et nuit, jusqu'à ce qu'une crise favorable se déclarât.

Alors, avec le même flegme, sans exprimer son contentement par une seule parole, il vint auprès de maman et lui dit :

— Maintenant, mademoiselle est sauvée. Seulement, il lui faudra du temps pour se rétablir tout à fait.

VI

Nicolas Tourguéneff. — Un mariage d'amour. — Étrange
entrevue d'une grand'mère et de ses petits-fils. —
L'Enfant, de Victor Hugo. — La malédiction de la
grand'mère.

En été 1845, Mme Tourguéneff partit pour
Saint-Pétersbourg, afin d'empêcher son fils
aîné, Nicolas, d'épouser Mlle Schwartz. Elle
ignorait que ce mariage était conclu depuis
longtemps.

Mais avant de raconter cet événement,
disons quelques mots du frère d'Ivan Tourguéneff.

Autant Ivan Tourguéneff était russe d'aspect, autant son frère était anglais.

Lorsque je lus le roman de *Jane Eyre*, je
ne pouvais me représenter Rochester autre-

8.

ment que sous les traits de Nicolas Tourguéneff.

Les deux frères vivaient en très bonne intelligence. Ils différaient sensiblement de caractère. Ivan Tourguéneff se distinguait par une humeur aimable et dépourvue de tout fiel.

Nicolas, au contraire, était persifleur, et, sans être méchant, son badinage avait une pointe de malice qui égratignait.

Ivan Tourguéneff recherchait les hommes pour leur rendre service. Nicolas ne refusait pas de venir en aide aux autres quand l'occasion se présentait.

La parole d'Ivan Tourguéneff n'était pas tout à fait coulante, il sifflait un peu en parlant et quelquefois semblait chercher ses expressions. Mais il s'exprimait avec chaleur et dans chaque mot perçait la bienveillance; sa voix était douce et sympathique, et, quand il se fâchait, elle prenait des intonations aiguës plutôt que rudes.

Quiconque l'a entendu parler une fois, n'oubliera jamais sa voix.

La parole de Nicolas Tourguéneff était ornée, sa voix forte.

Je n'ai jamais vu personne parler avec une telle perfection tant de langues.

Nous étions tous frappés de la faculté qu'il avait de tout exprimer par des images ; et quand il terminait un récit, nous lui demandions toujours de le continuer.

Maman m'a dit plusieurs fois :

— Je me suis trompée de nom en baptisant mes fils... C'est Nicolas qui devrait s'appeler Jean, car c'est lui qui est véritablement Jean à la bouche d'or.

C'est ce fils, Nicolas, qu'elle voulait contraindre à renoncer à un amour qui durait depuis longtemps. Elle commença par lui couper les vivres, et le jeune homme dut gagner sa vie en donnant des leçons.

Mme Tourguéneff se flattait toujours de le faire fléchir.

Je trouve dans son album, à cette occasion, les lignes suivantes :

« A mon fils Nicolas.

« Cher enfant, il court un bruit sur toi qui me cause un poignant chagrin. Vous avez pu vous laisser entraîner à un coupable penchant.

« Mon enfant, ne comptez pas sur les promesses des passions; elles s'évanouissent, et, avec elles, les serments qui furent faits de bonne foi. S'il en est temps encore, renoncez à une faiblesse qui peut vous entraîner à votre ruine. Je ne vous reconnais pas, vous si raisonnable, vous qui connaissez si bien les devoirs de la société et du rang où vous êtes placé. »

A Saint-Pétersbourg, Mme Tourguéneff apprit que son fils avait des enfants. Elle exprima le vœu de les voir, mais sans les inviter à venir dans sa maison.

Elle demanda qu'on les fît promener sous ses fenêtres. Il fut fait selon son désir.

Placée derrière les vitres, elle les regarda à travers son lorgnon et se borna à remarquer que l'aîné ressemblait à son père, quand il était petit

C'est tout ce qu'elle a jamais dit de ses petits-fils.

Elle prétendait toujours que l'union de Nicolas était illégale, et pour l'amener à rompre ce mariage, elle lui proposa de gérer ses propriétés à Spasskoë, en lui promettant des montagnes d'or.

Nicolas repoussa toutes ses offres, en déclarant qu'il ne pouvait se résoudre à abandonner sa famille.

En 1849, maman donna enfin son consentement à ce mariage. C'est à ce moment qu'une terrible affliction fondit sur cette famille : les trois enfants moururent dans l'espace d'un hiver.

Un jour, bien longtemps après, je me

trouvais en visite chez Nicolas Tourguéneff.
J'étais déjà mariée, et je l'entretins de mes
craintes au sujet de ma fille que je croyais
devoir perdre.

Alors il se leva et me lut *l'Enfant* de
Victor Hugo. Quand il arriva à la dernière
strophe :

Seigneur, préservez-moi, préservez ceux que j'aime,
Frères, parents, amis, et mes ennemis même
Dans le mal triomphants,
De voir jamais, Seigneur, l'été sans fleurs vermeilles,
La cage sans oiseaux, la ruche sans abeilles,
La maison sans enfants.

il fondit en larmes et sanglota. Quand il
revint à lui, il dit :

— On dirait que c'est la malédiction de
maman qui a conduit mes enfants au tom-
beau.

Ces mots me rappelèrent une scène à
propos du portrait des enfants.

A son retour de Saint-Pétersbourg,
Mme Tourguéneff eut la fantaisie de demander à son fils le portrait de ses enfants.

Nicolas Tourguéneff vit dans ce désir une lueur de tendresse, et, fondant de l'espoir sur ce retour, il s'empressa de complaire au vœu de sa mère.

Un jour à Spasskoë, Poliakoff revint de la poste avec une petite caisse.

— Ouvre vite, ordonna maman.

Poliakoff exécuta cet ordre, et sortit quelques feuilles de papier qui recouvraient les portraits; mais avant qu'il eût dégagé le premier cadre, Mme Tourguéneff lui dit :

— Donne-moi cette boîte.

Quand la cassette fut sur sa table, elle commanda de nouveau :

— Sors... et ferme la porte...

J'étais avec Agathe dans la chambre contiguë, nous retenions notre souffle.

Nous avions l'habitude d'arguer du premier mot de maman à son réveil comment se passerait la journée.

Cette fois, tout présageait un orage, et nous nous préparions à le subir.

Quelques minutes après, nous entendîmes le fracas d'un objet qui tombait à terre et le bruit de verre cassé.

Nous devinâmes que les portraits des enfants volaient en éclats.

— Agathe! appela maman de sa voix sévère.

— Agathe entra. Sa maîtresse lui désigna les trois images qui gisaient à terre et lui dit :

— Ramasse cela... et prends garde qu'il n'en reste aucun vestige sur le tapis.

Puis indiquant la cassette :

— Jette cela.

Ce même hiver, les trois enfants moururent.

VII

Histoire du muet, le héros de « Moumou ». — Comment
Tourguéneff l'a connu. — La fiction et la réalité.

Qui n'a pas lu *Moumou*? Qui ne connaît
Guérassime, le maître du chien? Le récit
des malheurs de ces deux êtres, l'homme
et l'animal, n'est pas une fiction. Ce triste
drame s'est passé sous mes yeux.

Presque toujours, en été, maman faisait
le tour de ses domaines. Je me rappelle
avec plaisir cette procession d'équipages :
en tête venait la voiture de maman, puis
celle où je me trouvais avec mon institutrice et Agathe, ensuite la *kibitka* qui
renfermait le médecin, suivie par le char
qui portait la blanchisseuse et ma femme

9

de chambre ; le convoi était fermé par le char du cuisinier contenant la cuisine.

Ces tournées duraient quelquefois tout un mois.

Mme Tourguéneff passait ses terres en revue, contrôlait ses régisseurs et intendants et procédait elle-même à la vente de ses blés, conservés dans des enclos en énormes meules disposées de telle sorte que la voiture, attelée de quatre chevaux sur un rang, pouvait passer au milieu.

Pendant une de ces tournées, avant d'arriver au village de Sitchévo, nous fûmes tous frappés, et maman tout particulièrement, de la taille remarquable d'un paysan qui labourait la terre.

Maman donna l'ordre d'arrêter la voiture et de dire à ce colosse d'approcher.

Mais on eut beau l'appeler, il ne venait pas, ne faisait aucune attention à nous, et quand enfin on l'aborda, répondit par un mugissement.

C'était un sourd-muet.

Le *strarosta* (bailli) du village nous expliqua que le muet André était un serf laborieux, qui ne buvait pas malgré son infirmité. Ce fut précisément cette infirmité qui devait séduire Mme Tourguéneff et lui donner l'idée de faire du muet un de ses serviteurs personnels.

Il ne lui vint pas à l'idée de demander à André s'il était content de changer de position; j'avoue que moi-même je n'y songeais guère. Ce n'est qu'après avoir lu *Moumou* que j'ai questionné des témoins de sa vie et que j'ai appris que, les premiers temps, il souffrit beaucoup de ce changement de vie.

Il fallait tout l'amour de notre regretté Ivan Tourguéneff pour les humbles pour pénétrer les sentiments les plus intimes de ce malheureux.

Mme Tourguéneff faisait parade de son géant muet.

Il devait toujours porter des blouses de coton rouge ; en hiver il était vêtu d'une très belle demi-pelisse, en été d'un *armiak* bleu (longue souquenille).

A Moscou, tout le monde connaissait le muet de Mme Tourguéneff et le grand tonneau vert dans lequel il allait prendre de l'eau, traîné par un beau cheval gris pommelé. On le saluait et on lui adressait des signes.

Son visage énorme, mais proportionné à sa taille colossale, était toujours éclairé d'un sourire bienveillant. Il était d'une force extraordinaire ; ses mains étaient si grandes que, lorsqu'il me prenait dans ses bras, je me croyais en voiture. C'est ainsi qu'il me porta un jour dans sa mansarde, où je vis pour la première fois Moumou.

Le petit chien blanc, avec des taches couleur cannelle dans sa robe, était couché sur le lit du muet. A partir de ce jour, Agathe me gronda plus souvent pour les

miettes de pain et les morceaux de sucre
dont je bourrais mes poches. Je les don-
nais en cachette au muet pour Moumou.
Nous aimions passionnément ce petit animal.

On sait quelle fut sa fin tragique.
Mme Tourguéneff obligea André à le noyer.
Le romancier n'a changé que la fin de son
récit. Nous voyons son héros abandonner
sa maîtresse, mais, en réalité, tout en
souffrant cruellement de sa séparation
d'avec Moumou, le muet resta au service de
Mme Tourguéneff. Seulement, on ne lui vit
jamais d'autre chien.

Avant de dire adieu à ce personnage
célèbre, je veux rappeler encore une anecdote à son sujet.

Un jour, quelqu'un, qui n'était pas dans
les papiers de maman, fit cadeau au muet
d'une blouse de cretonne bleue. Il déclina
ce présent par des gestes énergiques.

On se hâta de raconter ce fait à Mme Tourguéneff.

— Est-ce possible!... le muet a refusé ce cadeau ? cria-t-elle d'une voix tremblante de plaisir.

Le lendemain, à neuf heures, à peine maman eut-elle ouvert les yeux, qu'elle ordonna de son lit :

— Amenez le muet.

Agathe resta un moment stupéfaite.

— Amenez le muet.

Agathe sortit de la chambre pour faire exécuter l'ordre de sa maîtresse.

On conduisit d'abord le muet à la chambre des servantes, puis on prévint Mme Tourguéneff.

— Amenez-le ici, vous ai-je dit, seulement débarbouillez-le un peu auparavant.

Ce fut alors dans la chambre des femmes de service la scène la plus comique ; une douzaine de jeunes filles tournèrent autour du colosse avec des rires contenus, les unes

avec l'éponge, d'autres avec la serviette ou
la brosse; c'était à qui donnerait un coup
de main à la toilette de l'heureux muet.

Enfin il fut lavé, brossé, peigné, on lui
versa mon pot de pommade sur la tête, et
pendant cette cérémonie, il souriait en pous-
sant des cris de joie qui remplissaient toute
la maison.

Maman me fit appeler et me dit de lui
donner un bout de ruban bleu.

Puis elle fit venir Poliakoff.

— Dix roubles! cria-t-elle.

L'intendant apporta l'argent et le muet
fut introduit.

Tous les flacons et toutes les tasses qui
se trouvaient dans la chambre résonnèrent
sous les pas lourds du géant.

Dans sa joie exubérante, il poussait des
mugissements de taureau et riait de tout
son cœur.

Maman souriait débonnairement; d'une
main elle lui montrait le ruban bleu et de

l'autre lui tendait dix roubles, pour lui
faire comprendre que c'était pour le récom-
penser d'avoir refusé la cretonne bleue.

Agathe lui fit signe qu'il devait embrasser
la main de Mme Tourguéneff; il s'acquitta
très gauchement de ce devoir.

Au moment de se retirer, il désigna du
doigt la châtelaine et en même temps se
donna un grand coup dans la poitrine, ce
qui devait exprimer son amour et sa fidélité à la maîtresse de la maison.

Il lui avait déjà pardonné la mort de son
Moumou.

VIII

« Madame cherche chicane ». — Réminiscences pénibles.
— Les chambres maudites. — De mal en pis.

Un des traits saillants du caractère de
Mme Tourgnéneff était de ne pouvoir tolérer
la moindre velléité d'indépendance ou de
sentiment de dignité chez les autres. Quiconque s'avisait d'en manifester le plus
léger symptôme, devenait immédiatement
un sujet de persécutions pour la grande dame.
Si celui qui tombait en disgrâce savait la
supporter avec résignation, il pouvait espé-
rer de regagner la faveur du despote fémi-
nin; mais s'il osait hasarder une protesta-
tion, malheur, malheur à lui !

Il y avait un terme spécial dans la mai-

9.

son pour désigner ces accès de mécontentement de la châtelaine. Nous nous disions tout bas : « Madame cherche chicane », ou encore : « Ivanof parle trop librement à madame, elle va lui chercher chicane. »

Un jour, elle « chercha chicane » à son majordome, Siméon Soboleff.

C'était un beau brun d'une trentaine d'années, qui avait les manières d'un laquais très aristocratique.

Ses fonctions le mettaient souvent en présence de Mme Tourguéneff, qui le consultait sur les affaires de la maison.

Elle découvrit un jour qu'il lui arrivait parfois de se permettre d'avoir son idée à lui. C'était assez pour la déterminer à chercher chicane à son majordome, qui avait été jusque-là son favori. Elle se mit à le faire venir constamment et lui montra à tout propos qu'elle était mécontente.

Siméon avait beaucoup d'amour-propre et peu de patience.

Bien que ses réponses ne fussent jamais inconvenantes, on sentait qu'il faisait un effort pour se contenir : c'était assez pour le perdre.

Siméon se tenait derrière le fauteuil de Mme Tourguéneff à table. Elle avait toujours devant son couvert une petite carafe d'eau qui s'appelait « l'eau de madame ».

Quand Mme Tourguéneff disait : « De l'eau ! » Siméon était chargé de lui verser l'eau de cette carafe.

Mme Tourguéneff s'était formé un plan de chicane contre sa victime : chaque fois qu'il lui versait de l'eau, elle la déclarait détestable, ou trop froide, ou trop chaude, ou sale, ou sentant mauvais.

Siméon prenait la carafe, sortait et revenait avec de l'autre eau, et Mme Tourguéneff la buvait sans se plaindre.

Plusieurs jours passèrent ainsi. Enfin elle résolut de porter le dernier coup à sa victime.

Au dîner, après avoir porté l'eau à ses
lèvres, elle repoussa le verre, et, se tournant vers Siméon :

— Qu'est-ce que c'est que ça?

Siméon ne répondit pas.

— Je vous demande qu'est-ce que c'est
que ça?

Siméon garda le silence.

— Est-ce que j'aurai enfin de la bonne
eau?

Et le verre plein vola dans le visage du
majordome.

Siméon pâlit, prit la carafe sur la table
et sortit de la salle. Il revint quelques minutes plus tard et versa l'eau dans un autre
verre.

— Ça, c'est de l'eau, dit Mme Tourguéneff, et elle en but un demi-verre.

Alors Siméon, le visage blême, les lèvres
tremblantes, fit quelques pas en avant, se
plaça devant les icones, fit un grand signe
de croix :

— Je jure devant cette sainte image que je n'ai pas changé l'eau... Celle que madame vient de boire est la même que l'autre.

Après avoir prononcé ces paroles, il se tourna vers la maîtresse de la maison et la regarda dans les yeux.

J'étais encore bien petite, et pourtant le cœur me manqua; je compris que maman ne pardonnerait jamais cette incartade.

Pendant quelques secondes, un silence effrayant régna dans la salle.

Soudain Mme Tourguéneff se leva d'un bond, et, désignant la porte, cria à Siméon :

— Sors d'ici !

Puis elle-même se retira sans attendre la fin du repas. Elle resta enfermée toute la journée dans sa chambre à coucher.

Lorsque je revins le lendemain de la promenade, j'aperçus le malheureux Siméon dans la cour, et sa vue me fit mal.

Au lieu du frac élégant, il portait un

méchant cafetan de drap gris et tenait un balai à la main.

Un ordre de sa maîtresse l'avait fait déchoir de la fonction de majordome à celle de balayeur de cour. Il resta pendant quatre années dans ce nouvel emploi, jusqu'à ce qu'il fût remplacé par le muet, le maître de Moumou.

En faisant nos tournées dans les terres de Mme Tourguéneff, nous arrivâmes à la propriété de sa mère où Varvara Pétrovna avait passé son enfance.

La vieille maison seigneuriale était presque abandonnée; il manquait même des carreaux aux fenêtres à certaines places.

Après avoir pris quelques instants de repos pour se remettre des fatigues de la route, maman fit le tour de toute la maison et passa toutes les chambres en revue. Je l'accompagnai.

Nous pénétrâmes d'abord dans un salon très étroit, long et assez obscur. Les por-

traits de famille nous regardaient d'un air
renfrogné dans leurs cadres noircis. Au
fond, sur un piédestal, se trouvait le buste
du père de Mme Tourguéneff. Je ne sais
comment une gracieuse toile de Greuze
était tombée au milieu de ces visages ré-
barbatifs ; elle représentait une jeune fille
avec un pigeon.

Du salon, nous passâmes dans un corridor ou dans une pièce contiguë, je ne me
rappelle pas exactement, mais je sais que
je fus frappée à la vue d'une porte barri-
cadée par des planches entre-croisées.

Je m'en approchai et je posai la main
sur le vieux loquet de cuivre qui sortait
entre les planches, quand Mme Tourguéneff
me saisit la main et s'écria :

— N'y touchez pas ! n'y touchez pas !
ces chambres sont maudites !

Je n'oublierai jamais son accent ni
l'expression de son visage : tant ils exprimaient de crainte, de haine et de fureur.

Avant que j'eusse le temps de revenir à moi, elle m'entraîna loin de cette porte.

J'ai appris depuis que c'était l'appartement de son beau-père, qui l'avait fait si cruellement souffrir.

J'ai vu là également le fauteuil de la grand'mère d'Ivan Tourguéneff, celui où elle avait expiré après avoir payé elle-même le pope pour qu'il récitât la prière des agonisants. Ivan Tourguéneff a décrit son aïeule dans les *Récits d'un chasseur*.

Devant le passé de maman, je m'expliquai son malheureux caractère.

Son mariage n'avait pas été heureux non plus. Elle comprenait fort bien que son beau mari ne l'avait épousée que pour sa fortune. Elle eut plus d'une fois l'occasion de se convaincre de son infidélité.

Ses enfants — je ne les accuse pas — mais eux non plus, n'ont pas répondu à l'attente de leur mère, à son ambition, ni à ses espérances.

Nicolas a fait un mariage pauvre, contre son gré.

Ivan est devenu écrivain, ce qui était aux yeux de Mme Tourguéneff un *métier* peu honorable. Quand elle mourut, la gloire de son fils n'était pas encore établie, et elle n'avait pas voulu lire ses premières œuvres.

Toutes ces mortifications ne firent qu'aigrir son caractère, et son despotisme devint de jour en jour plus insupportable.

IX

Mes souffrances. — Une mort feinte. — La suppression
des fêtes de Pâques.

La vie chez Mme Tourguéneff devenait insupportable, non-seulement pour ses gens,
mais pour moi aussi.

Elle venait souvent pendant mes leçons
me faire subir un examen. Mon institutrice
tremblait, et moi j'étais prise d'une telle
crainte, qu'au seul aspect de son visage
sévère, j'oubliais tout.

Si je cousais au salon, elle ne cessait de
me dire :

— Comment tiens-tu ton aiguille?... et
pourquoi restes-tu muette?

Je me mettais aussitôt à lui raconter

quelque chose, mais elle m'interrompait
tout de suite :

— Tu ne sais que bavarder.

Avais-je le malheur de laisser tomber
mes ciseaux :

— Maladroite! criait-elle en tressaillant
au bruit et en demandant des sels, et tout
le temps elle m'accablait de reproches.

— Ingrate! tu sais que je suis malade,
que le moindre bruit m'agite. Tu ne pen-
ses à rien! Non, ce n'est pas de l'étour-
derie, tu l'as fait exprès.

De semblables réprimandes ne me ren-
daient pas gaie. J'aimais maman, et, prête
à faire n'importe quoi pour lui plaire, j'é-
tais d'autant plus sensible à ses reproches.
Si j'en paraissais triste, une voix sévère
ne tardait pas à me crier :

— Viens ici!

Je m'approchais.

— Qu'as-tu? Je te demande ce que tu as.

Je ne répondais pas.

— Tu es malade ?

— Non, maman, je me porte bien.

— Je comprends, je comprends... tu m'en veux... voilà encore...

Et un flot de reproches se déversait sur ma tête, puis elle me renvoyait de la chambre et me faisait enfermer dans le salon ou dans la serre.

Si, après une gronderie, je m'efforçais de paraître gaie, pour prouver que je n'étais point fâchée, elle n'était pas contente non plus.

— De quoi te réjouis-tu ? Cela t'est égal que je te gronde ou que je te loue. Tu es une créature ingrate et sans cœur... Je viens de te faire une remarque et toi, tu ris !... Sors d'ici !

Et ces scènes se renouvelaient tous les jours.

Le 28 octobre 1845, elle eut recours à une ruse singulière pour savoir qui, dans son entourage, l'aimait et la respectait sincèrement.

Le 28 octobre était le jour de naissance d'Ivan Tourguéneff. Maman fêtait chaque année les anniversaires de ses fils et le mien avec une grande pompe, même lorsque les jeunes gens étaient absents.

La table était copieusement couverte de mets : pâtés, oies rôties, cochons de lait... qu'on arrosait de bonne eau-de-vie.

Mᵐᵉ Tourguéneff prenait place dans un fauteuil, et tous les serviteurs de la maison, dans leur rang respectif, défilaient un à un devant elle et lui baisaient la main. Ensuite, on leur donnait un verre d'eau-de-vie et ils saluaient de nouveau la maîtresse de la maison avant de le vider.

Ce 28 octobre, se passa comme à l'ordinaire, seulement le front de Mᵐᵉ Tourguéneff ne se dérida pas. Nous pressentions un orage. Le soir, vers neuf heures, la maison retentit tout à coup de ce cri :

— Madame se sent mal! Madame se meurt! Le pope! le pope pour madame!

Lorsque je lus pour la première fois la célèbre oraison de Bossuet : *Oh! nuit désastreuse! Madame se meurt! Madame est morte!* je me rappelai aussitôt cette nuit du 28 octobre 1845 où ce cri : « Madame se meurt! » retentit dans tout Spasskoë au milieu de la même épouvante.

On fit venir le prêtre ; Mme Tourguéneff le réclamait d'une voix agonisante.

Elle se confessa ; mais, quand le pope voulut lui administrer les saints sacrements, elle dit qu'elle désirait auparavant me bénir et prendre congé de tous ses serviteurs.

Et de la même voix de moribonde, elle ordonna qu'on plaçât devant elle le portrait de son fils Ivan.

— Adieu Jean! adieu Nicolas! adieu mes enfants! répétait-elle d'une voix expirante.

J'étais à genoux près du lit, et je pleurais si fort, que le bon médecin Porphyre Kartachef me fit plusieurs fois boire de l'eau pour me calmer.

Lorsque maman demanda l'image de Notre-Dame de Vladimir, et qu'elle me donna sa bénédiction, j'eus une crise de nerfs, et il fallut m'emmener de la chambre pour me calmer.

Porphyre restait toujours au pied du lit de la malade avec ses gouttes infaillibles ; Agathe était à son chevet, et elle éventait maman avec une serviette mouillée de vinaigre.

Mme Tourguéneff ordonna que ses quarante domestiques et tous les hommes employés dans sa maison, depuis l'intendant jusqu'au caissier, vinssent lui faire leurs adieux, car elle sentait qu'elle allait mourir.

Quand on l'avertit qu'ils étaient tous réunis dans l'antichambre, elle ordonna de les laisser défiler devant elle un à un.

Mme Tourguéneff était étendue dans son lit, les yeux à demi fermés ; sa main gauche pendait hors de sa couche.

Chaque domestique, en entrant, saluait sa maîtresse jusqu'à terre, puis lui baisait la main en se retirant pour céder la place à un autre.

Quand ce fut le tour du dernier, Mme Tourguéneff demanda :

— Tous ?

— Tous, madame, répondit Poliakoff, qui, en sa qualité de majordome, restait près du lit, pour veiller à ce que le défilé s'acomplît en bon ordre.

— Ah ! ah ! dit plaintivement maman. Je sanglotais toujours.

— Assez pleurer, me dit-elle, en posant la main sur ma tête... Dieu est miséricordieux... peut-être me laissera-t-il encore vivre... je me sens mieux...

— Agathe ! une tasse de thé !

J'étais une enfant, et ne doutant pas que
j'allais perdre ma bienfaitrice, je fus longtemps avant de pouvoir me calmer ; mais le
médecin, Agathe et son mari avaient bien
vite compris que c'était une comédie...
bien qu'ils n'en eussent pas encore démêlé
le but.

Le dénouement ne se fit pas longtemps
attendre. Mme Tourguéneff, après avoir pris
deux tasses de thé, fit dire au pope, qui
attendait toujours dans le salon pour venir
administrer l'extrême-onction, qu'il pouvait
s'en aller ; puis elle se calma.

Une heure se passa ainsi.

— Poliakoff ! cria la voix aiguë de
Mme Tourguéneff, avec cet accent qui présageait infailliblement une tempête.

Poliakoff accourut à l'appel de sa maîtresse.

— Prends une feuille, écris !

Auprès du lit se trouvait une boîte en

10

forme de livre, sur laquelle étaient inscrits ces mots : « Feuilles volantes. »

Elle renfermait du papier sur lequel Mme Tourguéneff écrivait elle-même ses ordres ou les faisait écrire à d'autres.

« ORDRE.

« J'ordonne que demain matin les serviteurs désobéissants, Nicolas Jakovlef, Ivan Petrof et Egor Kondratief, balaient la cour devant mes fenêtres. »

Ces noms étaient ceux des domestiques qui n'avaient pas fait partie du défilé ou qui étaient un peu gris ce soir-là.

— Vauriens ! ivrognes ! criait-elle... ils étaient contents de la mort de leur maîtresse !

Elle avait oublié que tous ses gens avaient bu en l'honneur de l'anniversaire d'Ivan Tourguéneff, avant la nouvelle de sa mort présumée.

— Ils devançaient l'heure de ma mort !

criait-elle. Canailles!... leur maitresse est
à l'agonie, et ils festoient!

Cette fois je ne songeais pas à plaindre
les délinquants. La joie de revoir maman
en bonne santé me faisait oublier tout le
reste.

Le lendemain matin, tous les coupables,
au nombre desquels se trouvaient des domestiques de première catégorie, étaient
dans la cour vêtus de cafetans gris, avec
des croix sur le dos, et balayaient le jardin
sous les fenêtres de maman.

Tout le monde sait avec quelle impatience les enfants attendent les fêtes de
Pâques : le gai carillon des cloches après
la triste voix qu'elles prennent en carême ;
le mets pascal composé de caillebotte et
d'œufs, le pain de Pâques, et enfin avec
quelle joie on guette le premier œuf de
Pâques!...

Une fois, un caprice de maman nous

priva, moi, tout le village et la paroisse de
Spasskoë, de ces réjouissances.

C'était le dimanche de Pâques, à sept
heures du matin. Les cloches de notre
église lançaient déjà de joyeuses volées,
auxquelles mon imagination enfantine trouvait une harmonie céleste. Je sautai à bas
de mon lit, placé dans la chambre de ma
mère, et je courus à la fenêtre pour voir
quel temps il faisait.

— Où vas-tu? me cria maman.

Mon oreille exercée sentit venir l'orage.
Je regagnai bien vite mon lit et cachai ma
tête sous mes couvertures.

Maman sonna Agathe.

— Que signifie ce carillon? demanda-
t-elle.

Par prudence et dans l'espoir de mieux
saisir la pensée de sa maîtresse, Agathe
ne répondit pas.

— Je te demande ce que veut dire ce
carillon?

— C'est fête aujourd'hui, madame, la sainte semaine, hasarda-t-elle timidement.

— Sainte semaine ! fête ! On pourrait, ce me semble, me demander d'abord si c'est fête dans mon cœur ! Je suis malade, j'ai du chagrin, le carillon m'ennuie. Dis qu'on cesse ce bruit ! dit-elle avec colère.

Puis, se montant de plus en plus :

— Il n'y a pas de sainte semaine pour moi... et il n'y en aura pas non plus pour ceux qui vivent avec moi... Va dire au pope que je suis malade, et que les cloches m'empêchent de dormir.

Et moi, j'écoutai d'une oreille avide leur gai tintement jusqu'à ce qu'il eût cessé par l'ordre de Mme Tourguéneff. De nouveau, un silence sépulcral régna dans nos chambres.

Vers neuf heures, maman me dit de me lever et d'aller m'habiller.

J'entrai dans ma chambre et l'on me re-

10.

vêtit d'une ravissante robe blanche toute brodée.

J'attendais qu'on ouvrît les persiennes dans l'appartement de Mme Tourguéneff pour aller lui lire mon chapitre de l'*Imitation*, mais les volets restaient obstinément fermés.

Enfin on porta une tasse de thé à maman, et j'entrai chez elle.

Je restai perplexe, ne sachant si je devais lui donner le baiser de Pâques ou dire simplement : « Bonjour, maman ! »

Elle me tendit la main et me baisa, comme d'habitude, au front.

— Qui est-ce qui t'a faite si belle ? demanda-t-elle d'une voix faible ; tu vas te salir, change de robe et va prendre ton thé...

Au salon, tout était prêt pour la fête. Le service de Sèvres, qu'on ne sortait que dans les grandes occasions, était étalé sur un plateau. Le *samovar*, tout reluisant,

avait aussi un air de fête; le sommelier
préposé au buffet, en frac et en gants
blancs, s'apprêtait à faire le thé.

Le mets de Pâques avait un exquis par-
fum de vanille, les œufs brillaient d'un
rouge éclatant, le beurre, en forme d'a-
gneau, reposait mollement sur une assiette,
un brin de verdure sortait de sa bouche...
Tout était déjà en fête... et maman allait
nous ravir ces réjouissances!

Poliakoff et sa femme Agathe, mon institutrice, miss Blackwood, et quelques
autres personnes tenaient un conciliabule
pour débattre cette importante question :
peut-on manger gras ou faut-il tout simplement prendre du thé?

— Qu'est-ce que t'a dit madame? demandait pour la centième fois Poliakoff à sa
femme.

— Je t'ai déjà répondu, répliqua celle-ci
d'un ton dépité, que madame a dit : « Il
n'y a pas de fête aujourd'hui ! » voilà tout.

— Mais t'a-t-elle parlé du mets de Pâques?

— Non, elle n'a pas mentionné le plat de Pâques.

— Elle n'a rien dit, s'écria joyeusement Poliakoff, donc nous pouvons manger gras...

— C'est là ta conclusion? interrompit sévèrement Agathe, qui était plus prudente que son mari... Prends garde à toi, André, ajouta-t-elle.

Alors ils s'adressèrent tous à moi pour obtenir quelques renseignements.

— Mademoiselle, qu'est-ce que madame vous a dit, à vous?

— Elle m'a dit de changer de robe.

— A-t-elle dit qu'on pouvait manger gras?

— Non, elle n'en a pas parlé.

— Tu vois bien! reprit de nouveau le bon Poliakoff, qui désirait que la fête eût lieu pour moi bien plus que pour lui.

— Tais-toi, cria sa femme, je t'en prie...
et croyez-moi : qu'on enlève tout cet appareil de fête, c'est ce qu'il y a de plus
sage...

Les autres se rangèrent à son avis, et
en deux minutes, tous les signes qui rappelaient le jour de Pâques disparurent; il
ne resta que le thé comme à l'ordinaire.

En réalité, ce matin-là, je bus mes larmes
et non le thé. Je n'osais pas me laisser aller
à pleurer, de crainte d'avoir les yeux
rouges quand maman m'appellerait.

Ainsi se passèrent les quatre premiers
jours de la semaine sainte; tout le temps
maman garda le lit et tint ses persiennes
closes. Le jeudi pourtant, Agathe, en entrant chez maman, reçut l'ordre :

— Les volets !

Quand Mme Tourguéneff descendit au dé-
jeuner, et que le sommelier lui demanda ce
qu'il fallait faire du mets de Pâques, elle
répondit :

— A quoi bon maintenant! La fête est passée à peu près... puis tout cela doit être gâté.

C'est ainsi que la fête de Pâques fut supprimée cette année-là,

X

Le choléra à Spasskoë. — Insouciance de Mme Tourguéneff. — Sa manière de se confesser. — Nouveaux
tourments d'Agathe et de son mari. — Repentir. —
Un exemple d'humilité chrétienne.

En 1848, le choléra sévit avec une ri-
gueur terrible dans notre malheureux
Spasskoë. Les gens tombaient comme des
mouches. Cependant Mme Tourguéneff ne
manifestait aucune crainte.

Je crois qu'elle avait une telle confiance
dans sa grandeur et sa supériorité, qu'elle
était persuadée que le choléra n'oserait pas
la toucher.

Vers la fin du mois de juillet, l'épidémie
commença à diminuer, et maman eut l'idée
de se confesser.

L'église de Spasskoë étant très froide,
elle donna l'ordre d'apporter le saint-sacrement à la maison.

Le 6 août, le pope, suivi de toute la cour
de Mme Tourguéneff, selon l'ordre formel de
la châtelaine, et au son des cloches, apporta le saint-sacrement dans l'oratoire de
famille, orné de riches images.

Le pope posa l'objet saint sur la table
qui lui était destinée et dit à Mme Tourguéneff :

— Maintenant, madame, nous allons
vous confesser.

— Confessez-moi, petit père, répondit-
elle en se signant.

— Retirez-vous tous, dit le prêtre aux
assistants.

— Restez ! commanda Mme Tourguéneff
d'une voix ferme.

Il y eut un moment de confusion ; les uns
se dirigeaient déjà vers la porte, les autres
se demandaient à qui il fallait obéir.

— Restez tous, restez ! cria de nouveau Mme Tourguéneff.

— D'après les statuts de l'Église, la confession doit être faite en présence seulement du prêtre, observa doucement le pope.

— Et moi, je veux me confesser devant tout le monde, dit la châtelaine.

— Mais c'est défendu, insista le prêtre.

— Et moi je dis... que c'est permis ! cria encore plus fort Mme Tourguéneff, et elle prit des mains du pope le livre qu'il tenait.

Le pope était jeune, il se troubla. Il savait que, par son influence et ses relations avec l'archevêque, la châtelaine pouvait lui nuire. Il céda.

Alors l'altière pénitente lut à voix haute la prière d'usage ; puis, quand elle l'eut achevée, elle se tourna vers ses serviteurs et, après s'être inclinée trois fois dans trois directions, elle dit à tous les assistants :

11

— Pardonnez-moi !

Puis elle se tourna prestement vers le pope et ajouta :

— Maintenant, administrez-moi le saint-sacrement.

Au retour de son voyage à Saint-Pétersbourg, qui avait pour but d'empêcher le mariage de Nicolas, Mme Tourguéneff envoya Poliakoff dans la capitale, avec l'ordre d'apprendre si son fils était véritablement marié ou s'il vivait maritalement avec la femme qu'il avait choisie.

Poliakoff eut pitié de son jeune maître, privé par sa mère de tout subside, et il cacha la vérité à sa maîtresse.

Malheureusement, Mme Tourguéneff avait, à Saint-Pétersbourg, des parents et des amis. Il y avait, entre autres, une famille dont une des filles avait voué à Nicolas Tourguéneff un amour désespéré. La mère de cette jeune personne surveillait le fils de l'opulente Mme Tourguéneff et se flattait, si elle parvenait à lui faire rompre cette liaison, d'obtenir pour sa fille ce riche parti. Dans ce but, elle écrivit à Mme Tourguéneff pour l'informer que Nicolas vivait maritalement avec Mlle Schwartz, au grand scandale de tous leurs parents et amis. Le mariage du jeune homme avait été tenu secret, et tout le monde l'ignorait.

Cette lettre suivit de près le retour de Poliakoff, lequel venait de lui déclarer que Nicolas vivait en garçon.

En la lisant, Mme Tourguéneff fut saisie d'un terrible accès de fureur. Cette missive à la main, elle courut dans son cabinet et appela d'une voix de tonnerre :

— Poliakoff !

Le malheureux mari d'Agathe se présenta plus mort que vif.

— Tu m'as trompée ! tu as menti ! cria-t-elle d'une voix rauque.

Avant que Poliakoff eût le temps d'ouvrir la bouche pour se justifier, elle saisit

une énorme béquille. C'est de cette béquille que parle Tourguéneff dans sa nouvelle : *les Trois Portraits ;* c'est celle dont
son oncle faisait résonner ses sacs d'argent
dans la chambre de débarras

Cette béquille était très lourde. Mme
Tourguéneff, en la prenant dans sa colère,
ne s'était pas rendu compte de sa pesanteur;
elle la brandit pour asséner un coup à la
tête de son majordome.

Une seconde encore, et le malheureux
Poliakoff était infailliblement tué. Par bonheur, le beau-frère de la châtelaine, Nicolas
Tourguéneff, entra au même instant dans la
chambre ; il eut le temps de se jeter entre
la maîtresse et le serviteur et d'arrêter le
bras de Mme Tourguéneff.

Elle se laissa tomber sur un divan. Nicolas Tourguéneff d'un signe montra la
porte à Poliakoff et courut chercher lui-
même un verre d'eau, qu'il présenta à sa
belle-sœur.

Lorsqu'il rentra dans la pièce, Mme Tourguéneff prit le verre de ses mains et dit d'une voix sourde:

— Je te remercie, tu nous a sauvés tous les deux.

Le lendemain, par ordre de la noble dame, Poliakoff était exilé dans des terres éloignées et tombait de l'emploi de major-dome à celui de simple copiste.

Cette fois il n'y eut pas moyen d'éluder les volontés de Mme Tourguéneff.

Poliakoff dut partir; il quitta sa femme enceinte et malade de douleur; elle était anéantie sous le double coup de la séparation et de la colère de sa maîtresse.

L'hiver passa ainsi. Je voyais presque toujours des larmes dans les yeux d'Agathe sans cesse levés vers les images des saints, qu'elle conjurait de mettre fin à ses tourments.

Sa prière fut exaucée.

Une année après la fête de Pâques supprimée, le jeudi de la Passion, ma mère me conduisit à l'église pour la communion.

Nous avions déjà assisté à la messe, et le moment de communier approchait, lorsque maman sortit brusquement de l'église.

Les deux laquais étonnés la suivirent.

— Alexis! à la maison! cria-t-elle à son cocher.

Il partit au galop.

A peine arrivée, elle s'élança dans la maison à pas précipités, et, sans enlever sa pelisse, se dirigea vers le cabinet de toilette où se tenait Agathe.

Elle s'arrêta devant sa femme de chambre, et s'inclina en touchant le plancher de ses deux doigts.

— Pardonne-moi, Agathe, lui dit-elle : ton mari te sera rendu pour les fêtes.

Agathe se jeta aux genoux de sa maîtresse pour la remercier, mais celle-ci était déjà partie; elle revint à l'église, où elle communia la conscience plus légère.

Peu après le retour de Poliakoff, Mme Tourguéneff eut l'espoir de retrouver bientôt son fils Ivan ; ses relations avec le major-dome et sa femme, qui étaient les favoris du romancier, furent empreintes d'une cordialité toute nouvelle.

Il arriva même à Mme Tourguéneff de s'inquiéter de la santé de sa servante.

Celle-ci, étonnée, répondit qu'elle se portait très bien.

— Je te demande comment tu te portes, reprit sa maîtresse, parce que si tu as encore une fille, je te permettrai de la nommer Catherine, le nom de feu ma mère ; et je t'autoriserai à la nourrir toi-même toute une année.

Agathe ne pouvait en croire ses oreilles et baisait les mains de Mme Tourguéneff avec attendrissement pour ce bonheur inattendu.

XI

Souffrances d'Ivan Tourguéneff. — Ses discussions
avec sa mère. — Madame Tourguéneff et la critique.
— Quelques rayons dans notre triste vie.

A partir de cette époque, l'image du regretté romancier m'apparaît toujours avec
une expression pensive et triste, tout le
contraire de ce qu'il était comme enfant.

Il entrait souvent en discussion avec sa
mère au sujet des victimes de Mme Tourguéneff, dont il plaidait toujours la cause.

Je dus un jour prendre part à un de ces
entretiens, et je fus réprimandée par ma
mère pour m'en être mêlée.

J'entrai dans la chambre contiguë au
boudoir de maman, où elle se tenait avec

son fils, et je surpris la conversation suivante :

— Je ne sais pas ce que tu veux dire !...
Je ne te comprends pas... Mes gens vivent
mal ?... Qu'est-ce qu'il leur faut de plus ?
Ne sont-ils pas bien nourris, bien vêtus
et bien chaussés ?... et je leur donne même
des gages... Y a-t-il beaucoup de seigneurs
qui donnent des gages à leurs serfs ?...
dis...

— Je ne prétends pas qu'ils soient mal
vêtus ni qu'ils endurent la faim, répondit
Tourguéneff avec quelque réticence... mais
tous ils tremblent devant toi...

— Eh bien ! quoi ? s'écria Mᵐᵉ Tourguéneff
d'une voix qui disait nettement : « N'est-ce
pas dans l'ordre ? »

— Mais songe un moment à ce que
peut être la vie d'un homme qui doit toujours trembler devant quelqu'un... toute
la vie ne connaître que la terreur ! Leurs
ancêtres, leurs pères te craignaient, eux-

11.

mêmes tremblent devant toi, et leurs enfants aussi trembleront...

— Mais quelle terreur? que veux-tu dire?
demanda Mme Tourguéneff d'un ton dépité.

— La terreur! mais n'être jamais le
maître de son existence, pas même pour
une heure; être aujourd'hui ici, demain à
mille kilomètres, où il te plaira de l'exiler...
ce n'est pas une vie!...

— Je ne comprends pas!

— Écoute, maman! Es-tu libre à cette
heure, si cela te plait, d'exiler n'importe
lequel de tes serfs!

— Sans doute, je le peux.

— Eh bien! comprends-tu maintenant ce
dont je me plains?

— Mais je n'exilerai un serf que s'il est
coupable...

— Mais même s'il n'est pas coupable et
que tu en aies la fantaisie, ne peux-tu pas
l'exiler?

— Sans doute, si j'en ai envie, je le peux.

— Eh bien ! voilà la preuve que ce que je te répète sans cesse est vrai: pour toi un serf n'est pas un homme, mais une chose.

— Alors, tu veux que je leur donne la liberté?...

— Non, attendons encore... je ne te demande pas encore cela... le temps n'est pas encore venu...

— Et il ne viendra jamais ! conclut Mme Tourguéneff.

— Si, il viendra ce temps, sans faute ! cria Tourguéneff en colère et de sa voix aiguë, puis il se mit à arpenter la chambre.

— Assieds-toi, je n'aime pas qu'on se promène dans ma chambre, dit Mme Tourguéneff pour le calmer. Mes gens sont malheureux ! continua-t-elle d'une voix offensée. Qui l'a dit cela?... Mais comment peut-on les mener sans la crainte ?

— On peut les mener sans les tourmenter... puis il y a autre chose que la crainte. Comment toi, avec ta fine connaissance des hommes, ne peux-tu pas concevoir chez eux l'attachement et la fidélité ?

— Mais, Jean, tu es fou ! Qui t'a dit que je tyrannise mes gens ?

Je sentis mon cœur défaillir. Moi-même, j'avais raconté la veille à ce bon frère toutes les souffrances endurées par Agathe et son mari, et il me vint à l'idée qu'il voulait parler d'eux.

En un clin d'œil cette pensée s'empara de moi, et en même temps, je vis quelles pouvaient en être les conséquences. Je saisis le premier volume qui me tomba sous la main ; c'était, il m'en souvient, les *Caricatures* de Granville, et j'entrai dans la chambre de ma mère pour rompre la conversation et faire à Ivan Tourguéneff un signe à la dérobée,

— Maman, puis-je prendre ce livre ? demandai-je, tout en sentant que je devenais pâle comme la mort.

— Pourquoi viens-tu troubler notre entretien? cria Mme Tourguéneff, tu vois bien que nous sommes occupés. Va-t'en!...

Je revenais sur mes pas lorsque maman me rappela.

— Reviens ici... Qu'as-tu? tu es pâle?

— Je n'ai rien, maman.

— Comment rien? Tu mens toujours; tu es plus blanche que mon mouchoir. Es-tu malade?

— Oui, maman, j'ai mal à la tête.

— Ah! tu as mal à la tête, alors, rends-moi ce livre et va-t'en.

Je sortis et je restai un moment à la porte pour tâcher d'attirer l'attention d'Ivan Tourguéneff.

Mais il s'était assis, incliné, la tête appuyée sur la main et paraissait ne pas faire attention à moi.

Heureusement mes craintes étaient vaines. Notre cher Ivan Sergueïevitch avait compris lui-même qu'il était allé trop loin. Lorsque sa mère voulut reprendre la conversation en disant :

— Eh bien ! raconte-moi ce que tu as entendu.

Il répondit :

— Je n'ai rien entendu de particulier, je ne te dis que ce qui me vient à l'idée de moi-même. Je trouve que le serf cesse d'être un homme et que sa situation est insupportable.

— Mais pourquoi ? insistait toujours Mme Tourguéneff.

— Mais laissons cela.

— Alors pourquoi m'as-tu fait ce speech ?

Ivan Tourguéneff, voyant que sa mère avait résolu de lui faire répéter ce qu'il avait entendu, changea le sujet de la conversation.

— Je désire te parler de mon frère Nicolas. Pourquoi lui coupes-tu les vivres ?

— Voilà encore! Il peut avoir tout ce qui lui revient, cela ne dépend que de lui; tu le sais bien.

— Mais il ne peut pas abandonner sa femme et ses enfants...

— Alors tu veux que je consente à ce mariage?

— Et pourquoi pas?

— Je vois que tu es tout à fait fou...

M.ᵐᵉ Tourguéneff éclata en imprécations contre son fils aîné, puis sa colère se tourna contre Ivan à qui elle reprocha toute sa vie.

Elle avait un nouveau grief contre celui-ci. Le romancier avait confié à sa mère que les critiques avaient parlé de ses œuvres.

Soit que M.ᵐᵉ Tourguéneff ne fût pas bien au courant de ce qu'était la critique littéraire, soit qu'elle voulût chercher chicane à son fils, elle lui fit une terrible scène qui finit par le médecin et les gouttes calmantes.

— Comment! toi un noble, un Tourguéneff, on ose te critiquer!

— Mais, maman, si l'on me critique,
cela prouve que je n'ai pas passé inaperçu,
que je ne suis pas une nullité dont personne ne parle.

— Mais comment est-ce qu'on te remarque? Pour te blâmer? On te traite
d'imbécile et tu es content?... Ah! à quoi
bon vous avoir donné des précepteurs et
des professeurs? L'un me quitte pour une
femme, l'autre, mon Benjamin, pour se
faire écrivain!

Et de nouveau, une explosion de larmes,
de sanglots et une crise de nerfs.

Ivan Tourguéneff baisait les mains de sa
mère et s'efforçait de la calmer.

— Assez, chère maman, calme-toi, pardonne-moi.

— Comment puis-je me calmer? comment ne point pleurer?... continuait-elle
avec des larmes sincères... Voilà que tu

parles de nouveau de partir pour l'étranger.

Et elle le conjurait de se marier, d'abandonner les lettres, d'entrer dans l'armée
comme tous les nobles...

Ces moments-là étaient les plus pénibles
de la vie du malheureux romancier.

Il baissait la tête en se taisant et ne sachant que répondre aux reproches de sa
mère ; le désespoir empreint sur le visage,
il détournait les yeux.

Cependant les jours qu'Ivan Tourguéneff
passait au milieu de nous étaient les seuls
où un rayon de gaieté vint animer un peu
notre triste existence.

Par malheur pour nous, Ivan Tourguéneff devenait célèbre, on se l'arrachait déjà
dans le monde, et il était rare qu'on nous
le laissât.

Il consacrait néanmoins toutes ses mati-
nées à sa mère.

Mais la personne qui ressentit le plus

vivement les absences d'Ivan Tourguéneff
était une certaine dame, assez belle, qui
avait inspiré dans le temps un amour ar-
dent à notre romancier. Il était alors presque un enfant, et sa passion ne flattait nullement l'ambition de la belle, qui dédaigna
cet adolescent amoureux.

Mais, quand le jeune homme revint de
l'étranger, avec tout le charme de l'homme
fait et le prestige de la gloire, elle se sou-
vint tout à coup que ce même Tourguéneff
avait une fois soupiré pour elle.

Quelle femme n'est pas tentée d'essayer
si ces charmes ont toujours le même pouvoir ?

En tout cas, la belle, pendant le séjour
d'Ivan Tourguéneff, commença à nous faire
de longues, de très longues visites, hélas !
sans aucun résultat.

Quand elle arrivait le matin, Ivan Tourguéneff, qui tenait compagnie à sa mère, vêtu
d'un ample paletot, s'esquivait aussitôt et

n'apparaissait plus tant que durait la visite.

Lorsqu'elle venait le soir, après le dîner, il était déjà sorti.

Après plusieurs tentatives inutiles pour le rencontrer, la belle dame se décida à se présenter chez nous entre six et sept heures du soir, comptant surprendre Ivan Tourguéneff avant qu'il allât dans le monde.

Cette femme, malgré ses quarante ans, était encore fort belle. Ce soir-là, elle portait une toilette un peu extravagante pour son âge : une robe de mousseline blanche retenue par une ceinture rose, une riche mantille de dentelle noire et une écharpe espagnole jetée sur sa tête et qui lui seyait à miracle.

— Je suis venue prendre des nouvelles de votre santé, madame, dit-elle en entrant. Vous voudrez bien excuser ce négligé champêtre... Je dois passer la soirée avec ma sœur dans le parc. Puis il fait si chaud que je n'ai rien pu supporter de plus épais...

Mᵐᵉ Tourguéneff fit mine d'accepter l'explication, bien qu'elle comprît fort bien à qui ce « négligé champêtre » était destiné.

Elle répondit avec finesse :

— Vous n'en êtes que plus belle ; vous me rappelez vos dix-sept ans.

Cette belle toilette ne devait pourtant mener qu'à une nouvelle déconvenue.

Ce soir-là précisément, Ivan Tourguéneff et moi nous devions faire le tour du parc à cheval, et nous étions déjà prêts. Mᵐᵉ Chreder, ma suivante, avait mis son chapeau et ses gants et m'attendait dans la voiture pour m'accompagner.

Ivan Tourguéneff descendit de chez lui tout habillé, le chapeau à la main. Il resta un quart d'heure au salon, fit quelques politesses à la visiteuse de sa mère, et, se tournant de mon côté, s'écria :

— Eh bien ! chère Varia, partons-nous ? il est bientôt sept heures.

Le lendemain matin, Mᵐᵉ Tourguéneff

reprocha en badinant à son fils son indifférence pour la belle coquette.

— Pour une femme qui frise la quaran-
taine elle est encore très bien. Elle a fait
tous ces frais pour vous, et vous vous êtes
montré fort peu aimable.

— C'est vrai! dit-il; mais, dans le temps,
quand je l'aimais, j'étais presque un gamin
encore. Que n'ai-je pas souffert alors!... Je
me rappelle que, lorsqu'elle passait près de
moi, mon cœur semblait prêt à bondir hors
de ma poitrine... Mais ce bienheureux
temps est passé! Maintenant, je ne con-
nais plus cet amour... je n'ai plus cette
ardeur de l'adolescence; c'en est fait de cet
amour qui se contentait d'un regard, d'une
fleur qui tombait de sa tête. Il me suffisait
de ramasser cette fleur et j'étais heureux,
et je ne demandais plus rien...

Cet épisode est le seul qui ait un peu
égayé les derniers mois de ma vie chez
Mme Tourguéneff.

XII

Drame de famille. — Misère d'Ivan Tourguéneff. — Une
donation pour rire. — Une résolution désespérée.

Mes derniers souvenirs de la maison de
Mme Tourguéneff sont douloureux et pénibles; le seul côté consolant du drame de
famille que je vais raconter est le respect
profond que n'ont cessé de témoigner à
leur mère de son vivant, et à sa mémoire
après sa mort, ses deux fils si cruellement
maltraités, Ivan et Nicolas Tourguéneff.

Malgré la dure comédie qu'elle leur a
jouée, ils sont restés aussi dociles qu'auparavant et toujours disposés à lui prouver
leur tendresse, bien qu'elle les ait sans
cesse repoussés.

Voici ce qui s'était passé entre eux :

Nous étions au mois de juillet. Nicolas Tourguéneff était toujours dans une situation difficile :

Il avait été malade ainsi que sa femme, ce qui leur avait occasionné de grandes dépenses.

Ivan Tourguéneff était si pauvre lui-même, qu'il n'avait pas de quoi offrir une bouteille de vin à ses amis. Combien de fois n'a-t-il pas été contraint d'emprunter trente ou cinquante copecks à Léon Ivanoff ou à Porphyre Kartacheff, pour payer le cocher qui l'avait amené.

Cet état de choses obligea les deux frères à s'adresser à leur mère ; ils lui demandèrent, dans les termes les plus respectueux, de leur accorder une pension fixe, afin de pouvoir, disaient-ils, régler leurs dépenses sur leur budget.

Mme Tourguéneff écouta ses fils sans manifester de mécontentement, et reconnut qu'il leur était nécessaire d'avoir une pension fixe.

Cependant les jours se succédaient, et Mme Tourguéneff ne prenait aucune disposition.

Ivan Tourguéneff revint à la charge.

— Je sollicite de toi cette faveur, dit-il à sa mère, moins pour moi que pour Nicolas. Je peux vivre du produit de mes nouvelles ou de mes traductions; mais lui, il n'a aucune ressource, et bientôt il n'aura **pas** même de quoi manger.

— Je ferai tout, tout mon possible ! Vous serez contents de moi tous les deux, répliqua la mère du romancier.

En effet, le jour même, elle donna l'ordre à son principal régisseur, Léon Ivanoff, d'écrire sur du papier ordinaire deux titres de donation, d'après lesquels elle abandonnait sa propriété de Sitchévo à son fils Nicolas, et celle de Kadnoë à son fils Ivan.

Ces deux actes furent préparés à la maison sans aucune formalité légale.

Mme Tourguéneff fit venir ses deux fils et leur lut les brouillons des deux documents.

— Cette fois, êtes-vous contents de moi? demanda-t-elle.

Nicolas garda le silence, mais Ivan répondit :

— Sans doute, maman, nous serons très contents et très reconnaissants si tu veux bien faire légaliser ces papiers.

— Pourquoi légaliser ?

— Tu me demandes pourquoi ?.... Tu sais très bien, si tu as vraiment l'intention de nous faire don de ces propriétés, comment il faut le faire.

— Je ne te comprends pas, Ivan, qu'est-ce qu'il te faut de plus ? Je donne à chacun de vous une propriété... *je ne comprends pas.*

Elle affectionnait cette expression et l'em-

12

ployait toujours, quand elle comprenait de quoi il s'agissait.

Nicolas continuait à se taire.

Ivan, après avoir fait quelques pas dans la chambre, sortit sans prononcer une parole.

— Nicolas ! que veut dire tout ceci ? demanda Mme Tourguéneff d'un air offensé.

Nicolas se leva, voulut parler, mais se ravisa et sortit de la pièce sans avoir articulé un seul mot.

Les fils de Mme Tourguéneff avaient le droit d'être mécontents et même de se sentir outragés par la conduite de leur mère.

Ils avaient appris ce jour-là, du régisseur Léon Ivanoff, que ce matin précisément Mme Tourguéneff, avait envoyé l'ordre dans ces deux propriétés d'en vendre immédiatement le blé à n'importe quel prix, et non seulement la récolte, mais la moisson

à venir, et de lui expédier aussitôt l'argent
à elle personnellement.

Il ne restait plus dans ces domaines de
semences pour les nouvelles semailles.

Quand ses fils se furent retirés, Mme Tourguéneff s'enferma dans son cabinet avec le
régisseur et fit copier les actes de donation.

Le soir, Mme Tourguéneff me dit d'aller
chez Nicolas, qui habitait une maison à
part dans le voisinage, et de dire aux deux
frères qu'elle les attendait chez elle à huit
heures.

Je trouvai toute la famille réunie à table,
mais, aux visages défaits des deux jeunes
gens et aux yeux rougis de la femme
de Nicolas, je compris que le dîner avait
été servi pour la forme. On emporta les
plats intacts. Ivan Tourguéneff était triste,
mais calme. Son frère, qui était toujours
très agité, s'arrachait presque les cheveux
en parlant de sa position.

J'expliquai aux deux frères le but de ma visite. Ivan Tourguéneff me demanda si l'on avait changé la forme des actes de donation et si l'aide du procureur était venu.

Je fus obligée de dire la vérité ; les actes avaient été recopiés, aucun homme de loi n'était venu, et rien ne faisait présumer que Mme Tourguéneff eût l'intention de faire légaliser ces actes.

Nicolas était celui qui souffrait le plus cruellement de sa pénurie. Il dit, les larmes aux yeux, qu'il serait contraint d'aller habiter Tourguénévo, la propriété de son père, qu'il avait le droit de redemander à sa mère.

Après un conciliabule auquel je pris part, les jeunes gens se décidèrent à se rendre à l'invitation de leur mère.

Quand je revins près de maman, elle me dit :

— Eh bien ?

— Ils viendront.

— Qu'est-ce qu'ils me font dire ?

— Rien. Ils dinaient quand je suis arrivée.

— Mais ils ont sans doute parlé de quelque chose ?

Et Mme Tourguéneff attacha sur moi un regard si sévère, que je ne pus le soutenir et baissai involontairement les yeux.

— Pourquoi ne dis-tu rien ?... Qu'as-tu ? Tu sais quelque chose ?

C'en était trop pour moi. La scène chez mes frères, pendant laquelle j'avais dû faire un violent effort pour contenir mes larmes, afin de ne pas attirer l'attention de maman, et ensuite ce terrible interrogatoire, les deux choses réunies étaient plus que mes nerfs ne pouvaient supporter.

Ma gorge se serra comme dans un étau... j'éprouvai une sensation de chaleur qui m'étouffait... En reprenant mon souffle, je poussai un tel cri que Mme Tourguéneff s'élança vers moi.

12.

Je saisis sa main, j'étais sur le point de
répéter tout ce que j'avais entendu... lorsque le sang jaillit de ma bouche...

— Porphyre! cria maman, les gens!
vite, voyez!

Mme Chreder accourut et m'étendit sur
le divan. Je fis connaissance avec les gouttes de notre médecin, et je sus gré à cet
accident qui me sauvait de la suite de
notre conversation. Maman me laissa tranquille et tourna sa colère contre ma suivante.

— Qu'est-ce qu'il y a de nouveau? Vous
devez le savoir... Vous êtes sa suivante...

Et bien qu'elle reçût une réponse néga-
tive, elle insistait toujours pour savoir ce
qui s'était passé.

Heureusement pour moi, Porphyre m'ordonna d'aller sur le balcon respirer l'air
frais.

A huit heures les deux frères arrivèrent.
Je les guettais.

Il m'eût été très pénible que ces jeunes gens pussent supposer, que j'avais redit ce que j'avais vu chez eux, et je ne doutais pas que maman les questionnerait pour apprendre la cause de ma crise. Je ne me trompais pas.

— Que s'est-il passé chez vous ? leur demanda-t-elle en les apercevant. Varia est revenue de chez vous toute pâle... elle a eu une crise... un vomissement de sang... Que s'est-il donc passé ? Je n'y comprends rien.

— Il ne s'est rien passé, maman ; le dîner était très gai ! m'écriai-je avant qu'Ivan ou Nicolas eussent eu le temps de placer un mot.

J'étais devant la porte du balcon qui donnait sur le salon.

— Tais-toi ! me cria maman, on ne te demande rien. Sors d'ici !

Je me retirai toute tranquillisée. Mes

frères étaient avertis que maman ne savait rien de leur projet.

Ivan Sergueïevitch me suivit. Que de bonté et de compassion sur son visage! Il me prit la main et m'interrogea du regard.

— Après, après, murmurai-je, en indiquant le salon où il rentra.

On servait le thé.

Mme Tourguéneff tournait bruyamment sa cuiller dans sa tasse et disposait ses cartes pour une patience.

Il y eut un moment de suspens. Nous sentions tous qu'il allait survenir quelque chose. Quoi? Personne de nous n'aurait pu dire au juste ce qu'il appréhendait, mais on sentait que ce serait terrible.

Enfin, Mme Tourguéneff sonna.

— Faites venir ici le régisseur, ordonna-t-elle au valet de chambre. Lorsque Léon Ivanoff apparut sur le seuil de la porte, elle lui cria laconiquement :

— Apporte!

Quelques secondes plus tard, le régisseur présenta à la châtelaine deux paquets
sur un plateau.

Maman lut les inscriptions et tendit un
des paquets à Nicolas et l'autre à Ivan.

Une demi-minute passa ainsi. Tous les
deux prirent les paquets des mains de leur
mère. Ivan Tourguéneff s'éloigna un peu
de la table.

— Lisez donc ces actes, dit Mme Tourguéneff d'un air impatient.

Ses fils obéirent.

On n'entendait que le froissement du papier, au milieu du silence de mort qui ré-
gnait dans la maison.

— Eh bien! remerciez-moi! dit enfin
Mme Tourguéneff.

Et elle tendit sa main droite à Nicolas,
sa main gauche à Ivan.

Nicolas, sans dire un mot, baisa machi-
nalement la main de sa mère.

Quant à Ivan, n'a-t-il pas vu la main

que lui présentait sa mère? Il ne bougea pas de sa place et resta la tête inclinée.

Un instant après il se leva, s'approcha de la porte ouverte sur le balcon, fit quelques pas en arrière dans la chambre, sortit de nouveau sur le balcon, puis, comme s'il avait pris une résolution soudaine, s'approcha de sa mère.

— Bonne nuit, maman, dit-il doucement de la même voix dont il lui souhaitait le bonsoir quand il était enfant, sans laisser percer par une parole ou un regard toute la peine que lui faisait la comédie que Mme Tourguéneff venait de jouer devant eux.

Puis, comme un enfant, il s'inclina et baisa la main de sa mère.

Elle fit le signe de la croix sur le front de son fils, selon sa coutume, puis Ivan sortit sans regarder qui que ce soit. Il monta à son appartement.

Nicolas restait toujours à la même place, l'air atterré.

Quand je vins souhaiter le bonsoir à Mme Tourguéneff, je la trouvai occupée à faire une patience; ses mains tremblaient, ses sourcils contractés et les regards furieux qu'elle jetait sur ses cartes indiquaient la colère qui couvait en elle. Elle montrait toujours beaucoup de sollicitude pour ma santé, mais, ce soir-là, elle ne remarqua même pas ma présence.

Nicolas se leva tout de suite après mon départ et monta auprès de son frère.

On éteignit le feu dans la maison et Mme Tourguéneff entra dans sa chambre. Sa suivante vint comme d'habitude pour frotter les jambes de sa maîtresse, mais celle-ci la congédia.

Pendant ce temps, mes frères se concertaient pour revendiquer leurs droits sur la propriété de leur père. Ils jugèrent plus prudent de ne pas se présenter dans les domaines que leur mère venait soi-disant de leur céder ; ils couraient le risque de ne pas être bien reçus par les gens de l'endroit ; et s'ils étaient bien accueillis, Mme Tourguéneff ne manquerait pas de s'en prendre à ceux qui leur auraient souhaité la bienvenue.

Si les choses en étaient restées là, les fils n'auraient pas adressé de reproches à leur mère, ils ne se seraient point départis de leur attitude respectueuse, et Mme Tourguéneff n'aurait pas réussi à lasser la patience de son fils Ivan et à le provoquer à lui dire un jour tout ce qu'il avait sur le cœur.

XIII

Rupture. — Dernière entrevue d'Ivan Tourguéneff
et de sa mère. — Scènes terribles.

Le lendemain matin, Ivan Tourguéneff
entra chez sa mère comme à l'ordinaire et
lui annonça son intention d'aller à la campagne pour chasser.

Ivan Sergueïevitch évitait toute allusion
à ce qui s'était passé la veille; sa mère, au
contraire, ne cessait de l'accabler de questions. Il s'efforçait de les éluder, lorsqu'elle
lui demanda à brûle-pourpoint :

— Dis moi, Ivan, lorsque je t'ai fait hier
le don d'une propriété, pourquoi n'as-tu
pas voulu me remercier?

Ivan Sergueïevitch garda le silence.

13

— Tu es donc toujours mécontent de moi?

— Écoute, maman, dit enfin le fils, laissons cette conversation.... Je sais me taire, mais je ne peux ni mentir ni dissimuler.... je ne le peux pas.... ne m'oblige pas à te dire la vérité, ce serait trop pénible.

— Je ne comprends pas ce que tu trouves pénible.... mais moi, je me sens blessée.... je fais tout pour vous.... et vous êtes toujours mécontents....

— Ne nous donne rien, nous ne te demandons plus rien.... Nous continuerons à vivre comme nous avons vécu jusqu'à ce jour.

— Non, vous vivrez mieux; vous avez maintenant des propriétés.

— Pourquoi, je t'en prie, dis-tu cela? dit enfin Ivan Tourguéneff, qui commençait à perdre patience. Hier nous n'avions rien, et aujourd'hui nous n'avons rien de plus.... et toi-même, tu le sais parfaitement.

— Comment, vous n'avez rien! s'écria Mme Tourguéneff. Ton frère a une maison et une campagne, et toi aussi, tu as une campagne.

— Une maison!... Mais ne sais-tu pas que mon frère est trop honnête pour regarder cette maison comme sienne?... Tu veux qu'il reste dans cette maison, quand il n'a pas de quoi vivre, quand il n'a pas à manger?

— Comment? Et la propriété?

— Il n'a pas de propriété! Tu ne nous as rien donné, et tu ne nous donneras rien!... Tes « titres de donation », comme tu les appelles, n'ont aucune valeur. Demain, si cela te fait plaisir, tu peux nous enlever ce que tu nous donnes aujourd'hui... Et à quoi bon tout cela? Les propriétés sont à toi.. Dis-nous franchement : je ne veux rien vous donner, et nous ne dirons pas un mot... Mais à quoi bon toute cette comédie?...

— Tu es fou! Tu oublies à qui tu parles.

— Je n'avais pas l'intention de te parler ainsi; j'ai voulu me taire... Crois-tu qu'il me soit agréable de te dire ces choses? Je t'ai priée de me laisser tranquille...

Sa voix était pleine d'angoisse; il me sembla, en l'entendant, que les larmes l'étouffaient...

— Je plains mon frère, continua-t-il après quelques instants de silence. Pourquoi l'as-tu rendu si malheureux? Tu lui as donné l'autorisation de se marier, tu lui as fait quitter le service et venir ici avec sa famille, tandis qu'à Saint-Pétersbourg il gagnait sa vie... et depuis qu'il est arrivé, tu le tortures... tu le tourmentes sans cesse... tantôt d'une manière, tantôt d'une autre...

— En quoi est-ce que je le martyrise? en quoi? demanda Mme Tourguéneff très agitée.

— En tout, dit avec désespoir Ivan Tour-

guéneff, et qui ne martyrises-tu pas? Tout
le monde! Qui peut respirer librement près
de toi?

Et il se mit à arpenter la chambre.

— Je sens que je ne devrais pas te dire
tout cela, reprit-il, et je t'en prie... laissons
ce sujet...

— Voilà votre reconnaissance pour tous
mes bienfaits!

— Encore, maman! Tu ne veux pas comprendre que nous ne sommes plus des enfants et que ta manière d'agir envers nous
est outrageante. Tu as peur de nous donner
quelque chose parce que tu crains de perdre ainsi ton empire sur nous! Nous avons
toujours été pour toi des fils respectueux,
et tu ne veux pas avoir confiance en nous...
Tu ne crois en personne, tu ne crois en
rien... Tu ne crois qu'en ton pouvoir! Et
que t'a-t-il donné ce pouvoir? le droit de
martyriser tout le monde!

— Je suis donc une scélérate!

— Non, tu n'es pas une scélérate. Je ne comprends ni ce que tu es, ni ce qui se passe chez toi... Songes-y toi-même, examine les choses.

— A quoi dois-je songer ? Et à qui ai-je fait du mal ?

— A qui ? Mais y a-t-il quelqu'un d'heureux parmi tous ceux qui t'ont approchée ? Souviens-toi de Poliakoff, d'Agathe... Tous ceux que tu as persécutés, exilés, tous ils auraient pu t'aimer... et tu les a rendus malheureux... Moi-même, je donnerais volontiers la moitié de ma vie pour l'ignorer et pour ne pas être obligé de te le dire... Oui, tous tremblent devant toi, et cependant tous auraient pu t'aimer.

— Personne ne m'a jamais aimée et ne m'aimera jamais... Et mes enfants eux-mêmes se tournent contre moi.

— Ne dis pas cela, maman... Tous, je te le répète, à commencer par les enfants, pourraient t'aimer...

— Je n'ai pas d'enfants! cria tout à coup Mme Tourguéneff. Va-t'en !

— Maman !

— Va-t'en! répéta Mme Tourguéneff encore plus haut.

Et elle sortit de la pièce en frappant violemment la porte derrière elle.

En traversant le salon, Ivan Tourguéneff m'aperçut; je m'efforçais d'étouffer au moyen de mon mouchoir les sanglots qui me déchiraient la poitrine.

Il posa sa main sur mon épaule.

— Cesse de pleurer, me dit-il... tu vas te rendre malade de nouveau... Que faire? Je ne pouvais pas agir autrement.

Et les larmes abondantes coulaient sur ses joues. Quelques minutes plus tard, je le vis, de la fenêtre, s'éloigner dans la direction de la maison de son frère.

Il était impossible, en le voyant, de ne pas reconnaître en lui un homme accablé de tristesse : son attitude, sa démarche, toute

sa physionomie exprimaient un détache-
ment complet de tout ce qui se passait autour de lui. Il allait, la tête baissée ; elle
semblait s'incliner sous le poids d'une douleur écrasante et sans espoir.

Mme Tourguéneff ne se félicitait pas non
plus de ce qui avait eu lieu. Elle s'était
contenue pendant que son fils était à la
maison, pour ne pas lui laisser voir sa
faiblesse.

Quand il fut parti, elle eut une crise de
nerfs et fut longtemps sans pouvoir se calmer.

Le soir, elle me fit demander.

— Va là-bas ! me dit-elle.

Et à ma question de muette stupéfaction,
elle répéta avec impatience :

— Là-bas, là-bas... Prends la voiture.

Je sortis aussitôt pour aller chez Nicolas.
A quelle fin ? Pourquoi ? Je l'ignorais.

Je trouvai la maison de mon frère sens
dessus dessous ; partout des malles, des

caisses, des coffres ouverts. Les deux frères faisaient leurs préparatifs pour se rendre à Tourguénévo.

En entrant dans la maison, je me laissai tomber sur la première chaise venue, et je me mis à pleurer amèrement.

Quand je repris un peu de sang-froid, Ivan Tourguéneff me demanda :

— Est-ce maman qui vous envoie?

— Oui.

— Quel message vous a-t-elle donné pour nous?

— Aucun; elle m'a dit de venir ici. Pourquoi? Je ne le sais pas. Que dois-je lui dire?

Nicolas était au désespoir.

— Il faut dire la vérité, la vérité, dit Ivan Tourguéneff. Dis-lui que nous partons demain pour Tourguénévo.

Je déclarai que pour rien au monde je ne le lui dirais.

— Dites à ma mère, reprit alors Nicolas,

13.

que demain je lui enverrai cette lettre qui
n'est pas encore terminée, et que je l'im-
plore de la lire. Aujourd'hui elle est trop
bouleversée; il ne faut pas l'agiter davantage.

— Et comment se porte maman? demanda Ivan avec inquiétude.

Je leur racontai ce qui s'était passé à la
maison. Ivan Sergueïevitch m'écoutait debout dans l'embrasure de la fenêtre et le
front appuyé contre la vitre ; il pleurait.

— Je viendrai demain voir maman, me
dit-il sans lever les yeux sur moi.

Je revins auprès de Mme Tourguéneff, je
lui annonçai la lettre qu'elle recevrait le
lendemain et je lui fis part de la requête
de son fils Nicolas. Je m'attendais, le cœur
glacé d'effroi, à un nouvel interrogatoire.
Mais elle se contenta de me congédier aussitôt.

Le lendemain matin, on apporta à

Mme Tourguéneff la lettre de son fils Nicolas.

Nous connaissions tous la teneur de cette lettre. Le jeune homme écrivait à sa mère qu'il se rendait avec son frère à la propriété de leur père; il donnait à sa mère l'assurance de son affection filiale et la priait d'excuser un acte auquel il se voyait contraint de recourir, à cause de sa famille.

Peu après, Ivan Sergueïevitch arriva.

Les fils de Mme Tourguéneff n'avaient pas la permission d'entrer chez elle sans se faire annoncer.

Je frappai à la porte de maman pour lui dire qu'Ivan Tourguéneff désirait la voir.

— Entre! me dit-elle.

— Maman, Ivan est là, peut-il entrer?

Pour toute réponse, Mme Tourguéneff s'approcha de son bureau, saisit le portrait de son fils et le jeta par terre. Le verre se brisa en morceaux, et le portrait vola vers le mur.

Lorsque la femme de chambre voulut le ramasser, sa maîtresse lui cria :

— Laisse cela par terre !

Et le portrait d'Ivan Tourguéneff resta ainsi depuis le mois de juillet jusqu'au mois de septembre.

Lorsque le lendemain, Ivan Tourguéneff se présenta de nouveau pour faire une tentative de réconciliation, Mme Tourguéneff persista dans son refus ; il dut se retirer sans avoir vu sa mère.

J'accompagnai mon frère sur le perron et il me fit ses adieux.

— Je ne pouvais pas... Que faire ! murmura-t-il en prenant congé de moi.

Ce fut sa dernière allusion à la scène survenue la veille.

Maman me fit appeler peu après le départ d'Ivan Tourguéneff.

— Vite, là-bas ! me cria-t-elle.

Je compris que je devais me rendre chez Nicolas, mais je ne trouvai plus personne. Les deux frères étaient partis pour Tourguénévo.

A l'heure qu'il est, j'éprouve encore le sentiment de terreur qui me secouait, lorsque je revins auprès de maman pour lui annoncer que j'avais trouvé la maison vide.

— Comment! ils sont partis?

Elle ne voulait pas le croire. Je fus obligée de répéter :

— Ils sont partis!

Alors il se passa une scène déchirante et qu'il m'est impossible de rendre.

Mme Tourguéneff devint comme folle. Elle riait, elle pleurait, elle prononçait des paroles sans suite, m'embrassait en criant :

— Il ne me reste que toi!

Je me trouvais seule avec maman, et je fus saisie d'une frayeur insurmontable. J'appelai ma suivante :

— Madame Chreder! Madame Chreder!

Mme Chreder accourut.

Ma mère se calma du coup en l'apercevant; elle me lança un regard furieux, et, d'une voix étouffée, dit à ma suivante :

— Allez-vous-en !

De nouveau nous nous trouvâmes en tête-à-tête.

— Comment osez-vous appeler des étrangers quand votre mère est presque en démence ? me cria-t-elle avec colère.

Mais cet accès violent ne se renouvela pas. Je restai debout devant elle, mes mains tremblaient et mes genoux flageolaient ; je craignais de tomber. Sur un signe de Mme Tourguéneff, je lui présentai un verre d'eau ; mais le verre glissa de sa main, et l'eau se répandit sur sa robe de chambre.

Elle sonna.

— Essuie, dit-elle à la femme de chambre.

Puis elle s'enquit de l'heure. Il était deux heures de l'après-midi.

Mme Tourguéneff fit appeler sa suivante, Mme Medvedeff.

— Sacha, lui dit-elle après un moment de repos, dis qu'on prépare tout pour notre départ. Nous partons pour la campagne, nous irons à Spasskoë.

Après ces quelques paroles, tout se tut dans la maison, et pendant les jours qui suivirent, le silence ne fut rompu que par les ordres que Mme Tourguéneff donnait d'une voix brève. Nous n'osions plus parler que par signes.

XIV

Dernier accès de colère contre Poliakoff. —Pénible état d'IvanTourguéneff.—La maladie de Mme Tourguéneff. — Les derniers mois de sa vie. —Sa mort. — Le jugement d'Agathe

Quelques jours après, nous arrivâmes à Spasskoë. Poliakoff et sa femme vinrent au-devant de nous sur le perron de la maison.

Agathe regarda sa maîtresse avec effroi et un mouvement de compassion.

Mme Tourguéneff n'était plus la même. Agathe ne pouvait se rendre compte en quoi consistait ce changement, mais son cœur fidèle se serra douloureusement à la vue de ma mère.

Quand je lui eus raconté ce qui s'était

passé entre Mme Tourguéneff et ses fils,
Agathe se contenta de répondre :

— Nous allons tous nous en ressentir
maintenant.

Elle se trompait. A Spasskoë, comme
pendant les derniers temps de notre séjour
à Moscou, maman ne parla que pour adresser des questions par monosyllabes et
donner avec un calme absolu des ordres
toujours brefs.

Quelques jours après notre arrivée, elle
me permit de faire une promenade à cheval. Quand je fus prête, j'entrai en ama-
zone et la cravache à la main dans la
chambre de maman pour prendre congé. Je
la trouvai dans une colère indescriptible.

Poliakoff, les lèvres tremblantes, se tenait
devant elle...

Un aide jardinier, qui n'était pas initié
aux secrets de la famille, avait appris à
Mme Tourguéneff que, le jour avant notre

arrivée, les deux fils de la châtelaine avaient passé à Spasskoë.

— Comment, as-tu osé leur permettre d'entrer? criait Mme Tourguéneff à Poliakoff.

— Comment leur refuser l'entrée de la maison? Ils sont nos maîtres, répondit le majordome.

— Vos maîtres! vos maîtres! Tu n'as qu'un maître... C'est moi, qui commande ici, c'est moi la maîtresse...

En prononçant ces mots, elle arracha la cravache de ma main et en cingla le visage du malheureux Poliakoff.

Ce fut le dernier accès de fureur de Mme Tourguéneff.

A partir de ce jour, sa santé faiblit graduellement.

L'hydropisie faisait de rapides progrès. La respiration devenait plus difficile, et tous les matins, elle s'éveillait avec le visage et surtout les yeux tout enflés. Elle ne persécutait plus ceux qui l'entouraient. Il semblait qu'avec le déclin de ses forces physiques s'éteignait sa volonté, qui ne se manifestait plus par aucun acte marquant.

Ses fils demeuraient à Tourguénévo, situé à quinze kilomètres de Spasskoë. Ils ont écrit plusieurs fois à leur mère qui ne leur a pas répondu.

Ivan Tourguéneff est souvent venu demander des nouvelles de sa mère; elle n'a pas voulu le voir.

Un matin, Mme Tourguéneff se sentit très mal. En quelques heures, elle fit préparer ses malles et partit pour Moscou, n'emmenant avec elle que son médecin et sa suivante.

Elle me laissa à Spasskoë avec Mme Chreder et nous ordonna de la rejoindre, dès que la maison serait en ordre.

Deux jours après son départ, tard dans la soirée, j'entendis frapper contre les carreaux de la porte donnant sur le balcon.

Mme Chreder eut peur et me cria de ne

pas ouvrir. Sans tenir compte de son avis,
je regardai et me trouvai en présence d'Ivan
Sergueïevitch ; il était tout mouillé et revenait de la chasse avec son fusil et sa gibe-
cière.

— Comment va maman.....? Qu'est-ce
qu'elle a...? J'ai entendu dire qu'elle était
malade... Est-ce dangereux?

Je le rassurai, en lui disant que Porphyre Kartacheff n'avait pas exprimé de
crainte sur l'issue de la maladie.

Ivan Tourguéneff paraissait très inquiet
et très soucieux. La conversation ne mar-
chait pas.

— Je retournerai bientôt à Moscou, dit-
il, et je tâcherai de me réconcilier avec
maman.

Et il se leva pour partir.

Mme Chreder comprit alors qu'il se trouvait mal à l'aise et ne voulait pas me parler
de sa mère en présence d'un tiers. Elle se
leva pour nous laisser en tête-à-tête.

— Qu'est-ce que maman fait de mes lettres ? demanda Ivan Tourguéneff à mi-voix.

— Elle les lit, répondis-je.

— Oh !... que je souffre !... Je me reproche toujours de n'avoir pas su me contenir l'autre fois... Il aurait mieux valu me taire jusqu'à la fin... Adieu, Varia.

Et il sortit précipitamment.

A Moscou j'appris que le célèbre médecin Inosemtzeff trouvait l'état de Mᵐᵉ Tourguéneff désespéré. A l'hydropisie s'ajouta le marasme et le manque d'appétit.

La malade ne mangeait plus que des raisins et ensuite rien que des glaces. Je ne sais si elle suivait l'ordonnance du médecin ou simplement son propre caprice.

Sa vie s'est prolongée ainsi pendant deux mois, et le médecin restait stupéfait devant cet organisme qui, en dépit de ses soixante-dix ans, se soutenait par une si faible nourriture.

Mme Tourguéneff sentait l'approche de la mort et m'en parlait souvent.

Son caractère s'était sensiblement modifié. Elle n'avait plus de caprices ni d'accès de fureur, mais ni tendresse ni effusion non plus. Elle restait impassible.

Un jour, elle fit remettre à sa place, sur sa table, le portrait de son fils Ivan, qu'elle avait brisé quelques mois auparavant. Ce fut le premier indice d'un retour d'affection pour son Benjamin.

Mais elle ne parlait jamais de lui et nous n'osions pas mentionner ses fils devant elle.

Elle se préoccupait sans cesse de mon avenir. Elle me légua 15,000 roubles, me fit don de ses joyaux et me dicta la lettre suivante :

« Mes chers enfants, Nicolas et Ivan,

« Je vous ordonne de donner après ma mort la liberté à Poliakoff et à toute sa fa-

mille en y ajoutant 1,000 roubles de récompense; la même liberté sera donnée à **mon**
médecin Porphyre avec 500 roubles de
récompense. »

Et elle signa de sa propre main :

« Votre mère qui vous aime,

« Varvara Tourguénéva. »

Après avoir écrit son nom, elle me remit
cette lettre, en disant :

— Garde-la, et quand je serai morte, tu
la leur donneras, en leur disant que j'exige
que mes dernières volontés soient exécu-
tées.

Vers le 20 octobre, Nicolas Tourguéneff
vint à Moscou pour assister aux derniers
moments de la vie de sa mère, mais chaque
fois que nous tentions d'amener l'entretien
sur mes frères, Mme Tourguéneff détournait
la conversation.

Le 28 octobre, en entrant dans sa chambre, je lui dis :

— Bonjour, maman ; et j'ajoutai avec un tremolo dans la voix : Je vous félicite, maman, c'est aujourd'hui le jour de naissance d'Ivan.

— Est-ce déjà le 28 ! dit-elle d'une voix un peu tremblante et en consultant le calendrier suspendu au mur.

Tout à coup ses yeux se remplirent de larmes.

Je m'emparai de sa main, et je la couvris de baisers en pleurant. Encore un instant, et j'allais intercéder pour ses fils qui la suppliaient dans leurs lettres de les recevoir, mais elle arracha ses mains de mon étreinte et m'indiqua la porte en agitant le mouchoir dont elle s'essuyait les yeux.

— Va, va-t'en ! me dit-elle.

Je n'osai pas insister.

Cependant, au fond de son cœur,

Mme Tourguéneff ne considérait pas ses fils
comme coupables envers elle... Son journal nous a révélé ses sentiments intimes.
Elle les aimait profondément, en son cœur,
mais consentir à les voir c'eût été céder...
et à cette idée, le sang des Loutovinof se
révoltait en elle...

Il était facile de voir qu'elle se débattait
dans une lutte terrible; nous en trouvons
la preuve dans ces lignes écrites peu avant
sa fin :

« Ma mère! mes enfants! pardonnez-
moi. Et vous, Seigneur, pardonnez-moi
aussi, car l'orgueil, ce péché mortel, fut
toujours mon péché! »

Nous guettions l'occasion de lui annoncer
que son fils Nicolas était à quelques pas de
sa maison.

Enfin, le 4 novembre, jour anniversaire
de la naissance de Nicolas, je dis, selon la
coutume de la maison :

14

— Je vous félicite, maman, c'est le jour de naissance de Nicolas.

Et j'ajoutai brusquement :

— Nicolas est à Moscou.

Maman attacha sur moi ses yeux toujours brillants, expressifs et beaux ; on eût dit qu'elle avait envie de me dire quelque chose, mais elle se détourna vivement, remua quelques flacons posés sur une étagère, et, tout en examinant une de ces fioles avec attention, me dit :

— Lis-moi quelque chose.

Je pris le premier roman français qui me tomba sous la main et me mis à lire d'une voix mal assurée. Mais la lecture la fatiguait vite. Elle me dit bientôt de m'arrêter.

Quelques jours avant sa fin, elle exprima le désir de se confesser.

La veille de sa mort, elle me dit tout à coup :

— Appelle Nicolas.

Je ne sais si elle suivit sa propre impulsion ou si elle obéissait aux exhortations du prêtre ; elle donna cet ordre avec son ancien ton de commandement.

Quand Nicolas vint, il se jeta à genoux près du lit. Sa mère l'attira vers elle d'une main déjà faible, l'embrassa et murmura d'une voix suppliante :

— Jean ! Jean !

— Je vais envoyer à l'instant quelqu'un à sa recherche, répondit Nicolas.

Mais il était écrit qu'elle ne devait pas revoir son Benjamin. Quand Ivan Tourguéneff arriva, sa mère n'était plus.

Elle expira le lendemain de son entrevue avec Nicolas, le 16 novembre 1850.

Agathe exprima le désir de connaître mes mémoires. Je me rendis auprès d'elle exprès pour lui porter mon manuscrit et lui en faire la lecture.

Après avoir attentivement écouté le ré-

cit de son propre martyre, la bonne vieille
soupira et dit à travers ses larmes :

— Oui ! j'ai eu beaucoup à souffrir de
feue Mme Tourguéneff ; mais, néanmoins, je
l'ai beaucoup aimée. C'était une véritable
maîtresse.

FIN

TABLE DES MATIÈRES

I

Ivan Tourguéneff raconté par lui-même.

I. — Premier essai. — Portrait de Pouchkine. —
Les « autorités » en littérature. — Portrait de
Gogol. — Gogol et Dickens envisagés comme
« lecteurs ». — Lettre sur la mort de Gogol,
arrestation. — La censure et les censeurs. —
Au palais d'Hiver............................ 1

II. — *A propos de Pères et Enfants*........... 20

III. — *L'homme.* — *Le citoyen*. — Culte de Tourguéneff pour l'humanité. Son amour pour les
enfants. — *Une Goutte de vie*, conte d'enfant. —
La générosité de Tourguéneff. — Lettre à M. Robert Halt. — La conversation de Tourguéneff.
— Ce qui fait rire les Anglais. — Les Russes et
la langue française. — Le rôle politique e Tourguéneff. — Un mot sur Victor Hugo 32

II

Tourguéneff et les Nihilistes.................... 53

Les faux amis de Tourguéneff (Phénomène de psychologie littéraire) 77

IV

La mère d'Ivan Tourguéneff

(D'après les mémoires de sa fille adoptive).

I. — Introduction. — Les aïeux de Tourguéneff. — Un beau-père tyrannique. — Le père du romancier. — Sa beauté célébrée par une princesse d'Allemagne. — Vie somptueuse de Spasskoë.. 107

II. — La famille de Tourguéneff. — Heureuse influence d'Ivan Tourguéneff sur le caractère de sa mère. — *Les Grenouilles* d'Aristophane. — Le rire de Tourguéneff. — Le journal intime de la mère et celui du fils...................... 114

III. — Le train de vie que mena Mme Tourguéneff dans son veuvage. — La langue française à Spasskoë. — Le martyre d'Ivan Tourguéneff....... 119

IV. — Les premières œuvres d'Ivan Tourguéneff. — Jugement de Mme Tourguéneff sur Mme Viardot... 125

V. — Un médecin-serf. — Vains efforts d'Ivan Tourguéneff pour obtenir son affranchissement. — La guérison ou la Sibérie................ 132

VI. — Nicolas Tourguéneff. — Un mariage d'amour. — Étrange entrevue d'une grand'mère et de ses petits-fils. — « L'Enfant » de Victor Hugo. — La malédiction de la grand'mère.......... 137

VII. — Histoire du muet, le héros de « Moumou ». — Comment Tourguéneff l'a connu. — La fiction et la réalité............................. 145

VIII. — « Madame cherche chicane. » — Réminiscences pénibles. — Les chambres maudites. — De mal en pis...................................... 153

IX. — Mes souffrances. — Une mort feinte. — La suppression des fêtes de Pâques.............. 162

X. — Le choléra à Spasskoë. — Insouciance de Mme Tourguéneff. — Sa manière de se confesser. — Nouveaux tourments d'Agathe et de son mari. — Repentir. — Un exemple d'humilité chrétienne.......................... 179

XI. — Souffrances d'Ivan Tourguéneff. — Ses discussions avec sa mère. — Madame Tourguéneff et la critique. — Quelques rayons dans notre triste vie...................................... 188

XII. — Drame de famille. — Misère d'Ivan Tourguéneff. — Une donation pour rire. — Une résolution désespérée........................ 202

XIII. — Rupture. — Dernière entrevue d'Ivan Tourguéneff et de sa mère. — Scènes terribles. 217

XIV. — Dernier accès de colère contre Poliakoff. — Pénible accès d'Ivan Tourguéneff. — La maladie de Mme Tourguéneff. — Les derniers mois de sa vie. — Sa mort. — Le jugement d'Agathe. 232

Paris.— Imp. PAUL DUPONT, 24, rue du Bouloi (Cl.) 1130.1.88

www.ingramcontent.com/pod-product-compliance
Lightning Source LLC
Chambersburg PA
CBHW061432030726
47503CB00005B/1379